KB172872

세월 묶어둔 끈

세월 묶어둔 끈

초판 1쇄 발행 2023년 9월 25일

지은이 김영배
펴낸이 이기봉
편집 좋은땅 편집팀
펴낸곳 도서출판 좋은땅
주소 서울특별시 마포구 양화로12길 26 지월드빌딩 (서교동 395-7)
전화 02)374-8616~7
팩스 02)374-8614
이메일 gworldbook@naver.com
홈페이지 www.g-world.co.kr

ISBN 979-11-388-2313-5 (03810)

세월 묶어둔 끈

사랑의 밧줄로 꽁꽁 묶어라

김영배 지음

좋은땅

* 시인의 말

언제부턴가 귀에 이상한 소리가 들린다.
무심하게 흘러가는
세월의 강물 노래에 귀 기울이고
하루 24시간 어긋나지 않게 째깍째깍 돌아가는
지구의 톱니바퀴 살의 소리도 들려온다.

아침마다 마주치는 풀 한 포기의 인사도
예사롭지 않고 예쁘게 화장하고
임 마중하는 꽃들의 얼굴에
눈을 마주하지 않고는 그냥 지나칠 수가 없다.

여기 잊으려야 잊을 수 없는 끈이 있다.
사랑의 탯줄로 생명을 전해 주더니
빈 둥지만 남겨 두고
홀연히 떠나는 자식들의 앞날,
꿈과 희망을 위해 정들었던 모정,
언제나 곁에 붙잡아 두고
내 사랑아! 불러 볼 그 애틋함도,
내놓을 수 없는 사랑의 밧줄도

빈 둥지의 외로움으로 대신했다.
그 흔적 오롯이 파란 하늘에 새기고
멍든 가슴에 새겨 놓았다.

세월은 불러도 대답 없고
붙잡아도 뿌리쳐
이내 마음만 애태운다.
하지만 어쩌랴!
가지 말라고 붙들어 맬 끈이 있으니
굵은 사랑의 밧줄로 단단히 묶어
내 품 안에 넣어 두리라.
언젠가 그날이 오면 불러도 대답 없고
붙잡아도 내 손을 뿌리치고 떠나갔던
그 세월도 환한 얼굴로 반기며
기뻐할 그날이 오리니 반드시 오리라.

내가 걸어온 삶의 자취, 길 가다가
거친 돌에도 새겨 두고
들꽃 수다에도 함께하고
오랜 고목에 피어난 새싹에도
연민의 정을 담았다.

아침에 변함없이 떠오르는 태양도

여전히 내 친구 아닌가?

가 보자. 황혼에 물든 나그넷길을.

기대하자. 또 다른 아름다운 삶의 이정표를!

그려 보리라. 꿈꾸는 세상을!

2023년 7월 14일 금요일

野花今愛 김영배

차례

1장 생명의 탯줄 (2014년 5월~2015년 2월)

2장 너와 내 가슴에 피는 꽃 (2015년 3월~2015년 8월)

3장 행복의 조약돌 (2015년 9월~2016년 2월)

5장 사랑의 밧줄 (2016년 9월~2016년 11월)

1장

생명의 탯줄

(2014년 5월~2015년 2월)

당신이 머무는 자리에

당신 머무는 자리에
어떤 진리의 강
흐르고 있는가?

당신 만나는 가슴과 가슴에
어떤 사랑의 샘
솟고 있는가?

당신 머물다 간 자리에
어떤 향기
담을 넘고 있는가?

당신 만났던 사람들의 추억 속에
어떤 소망의 노래
다시 만날 것을 약속해 주는가?

당신은 아직도 당신 마음속에
그리워하는 이 있어,
설레는 마음으로 새벽을 깨우고 있는가?

봄날의 꿈

붉은 장미꽃 향기에 긴 밤 지새고
품은 봄날의 꿈

뜨거운 대지 위
호미로 일궈 놓은 자갈밭
새싹 나듯 펼치고 있는가?

꿈은 굵어진 손마디에 새기고
거대한 태양과 맞선 여름날 오후

저 고개 넘으면
희망의 꽃봉오리 만질 수 있을까?

봄날 아침 품었던 꿈
굵은 땀방울에 숨소리 거칠다

아직 내 가슴에 피는 거친 꿈의 숨결
내딛는 발자국에
작은 쉼터 내어놓는다

고향 찾는 마음

가을 하늘 아래 익어 가는 추석
며칠 전부터 설레는 마음 행복하다
기다리는 마음에 살찌고
분주한 마음 작은 흥분을 더한다

길은 천 리 길, 마음은 십 리 길
고향 산천에 나, 기다리는 어머니
계신 것만으로도 행복하다, 정말

흰 머리에 주름진 얼굴, 희미한 기억력
달콤한 과일도 잘 안 드시는 어머니의 입맛
자식들 어릴 적, 맛있는 음식과 과일
칠 남매 벌린 입에 넣어 주시느라
그 달콤한 입맛 잃으신 건 아닐까

고향 찾는 발길, 밤새 이어지고
새벽잠 깨어 일찍 떠나는 이, 흥겹기만 하다
늙으신 어머니께 드릴 선물이 무엇이랴!
무슨 선물보다 자식들 웃는 얼굴
가장 큰 보배, 행복 아닐까!

고향으로 떠나는 시간 다가오면
어릴 적 내 고향에 젖어 든다
정다운 고향,
행복의 동산에 뛰놀던 그리운 고향,
마음은 벌써 고향 언덕

텃밭의 어머니, 당신이 살아 계신 그 순간순간
우리에겐 가장 큰 행복입니다
다정한 그 손과 눈길
다시 찾을 수 없는 평화의 동산입니다

세상 어디에서 이 행복 찾을 수 있을까요
다시 두고 올 고향일지라도
난 다시 고향을 찾습니다
다 가지고 올 수 없어서 눈과 귀에 새기고
손과 발에 가득 담아 옵니다

그리운 내 고향, 사랑하는 님 있어 행복합니다
고향 찾는 길은 언제나 그리운 길,
행복의 동산,
사랑의 꽃길 걸어가는 꿈길입니다

꿈처럼 그리운 내 고향

하늘 향기 가득 담은 정겨운 코스모스
길마다 반겨 줍니다

코스모스

연분홍 고운 옷에
어찌 부끄러워
향기에 숨나요?

미풍에 흔들리는
가녀린 허리

언제든 연인 되어
은근한 사귐의 자리
초대하는 건가요?

하늘마음 담은
그대 향낭에
저민 가슴 파묻고 싶어라

가을 초대

뻥 뚫린 가을 낯선 길 가니
나그네 된 과일 향
코끝에 내려앉아
고개턱 너머, 임을 찾는다

넓고 넓은 들녘
파란 하늘 다정히 부르고

봄부터 울어 대던 소쩍새 어디 가고
콩밭에 뛰노는 메뚜기들 장난에
가을 타는 황금물결
콧노래에 흥겹다

가야지, 나도 가야지
님들 잔치에 달콤한 입술 한가득 담아
봄볕 드는 날
꿈꾸던 그리움 가슴에 안고
나도 가야지

가을 길

아!
봄 길 달려온 나그네

여름날 뙤약볕에 그을린 모자
아직 설익은 그대의 그늘

행여 달콤한 향 있을까 해
살랑이는 바람에 옷깃 맡겨 봅니다

그대의 넓은 가슴에 품은 들녘
여전히 꿈꾸는 이에게
설렘으로 다가옵니다

그대와 언제나 잔치 그득한 만남
그 여운 너와 나의 길
한없이 잇대어 옵니다

가을 문턱 넘는 그대 걸음엔
봄 마중하던 그리움도 함께 옵니다

성인이 된 아들에게

그래, 사랑하는 아들 생일,
성인 된 것 축하한다
대학 생활은 재밌게 하고 있냐?
자취? 생활은 할 만하고?
학교생활 지나고 나면
그게 얼마나 소중한 시간인지 모른다
말 그대로 쏜살처럼 빨리 지나간다
힘내서 즐기며 보람되게 보내라

세상이 험하고 힘들지만,
사람이 만들어 가는 것 아니겠냐?
더구나 빛의 자녀로 살아가니
얼마나 든든하냐
최선을 다해 볼 만하지
끊이지 말고 배우고 익혀라

인간관계도 많이 갖고 넓고 깊게 하고…
푸른 꿈 놓지 말고 가꾸어 가렴
건강해 이 세상 무대에
한번 해볼 만하지 않냐?

함께 있는 자취하는 형제들에게도
신사도(紳士道, Gentlemanship) 잊지 마라

세상은 사랑하며 살아 볼 만한 곳 아니냐?
땀 흘리지 않고 얻은 것을 기뻐하지 말고,
작은 것이라도
땀 흘리고 애써서 얻은 것을 소중히 해라
그리고 남 흘린 땀도
내 땀방울처럼 소중하다는 것을 잊지 마라

살아가다 어려운 일 있을 때
혼자 고민하지 말고
언제든지 아빠에게 얘기해라
그보다 먼저 너의 하나님께 의뢰하는 것
잊지 않겠지

다시 한번 너의 생일을 축하하며
나의 소중한 아들로 태어나게 하신
하나님께 감사드리며
주께서 너의 꿈과 삶에 복 주시고
함께하길 축복하며 기도한다

* 사랑하는 아빠가

명진이 생일에 문자 편지 받고서

2014년 9월 30일

큰아들 문자 편지 / 김명진

아빠 오늘 하루 잘 보내셨는지요
저는 잘 보냈습니다
이제 만으로도 20대가 되니까
기분이 이상하더군요, 허허
생일을 맞아서 먼저 감사드리고 싶었습니다
아버지 낳아 주시고 길러 주셔서
이렇게 생활할 수 있게 해 주셔서 감사합니다

그리고 이렇게 믿음의 가정에 태어나게 하신
하나님께도 찬양과 감사를 드립니다
저 때문에 고민과 걱정이 많으신 줄 알지만
또 그만큼 기도해 주셔서
제가 그 기도의 응답과 은혜로
대학 생활하고 있는 것 같습니다, 하하

이번 학기 최선을 다해 볼게요, 아버지,
다시 한번 감사드리고, 평안한 밤 보내세요

* 큰아들 명진이 생일에 보낸 문자 편지
2014년 9월 30일

마음 하나

가을 길,
나그네에
보랏빛 향기로 눈인사하는
코스모스 자태 고와라

가끔 바람이 전해 준 구름 나래에
마음 한 줌 쉬어 갑니다

들녘 아직 나그넷길 재촉하는데
동백꽃보다 더 붉은 서쪽 하늘
너와 나의 마음에
길게 자리를 펴 놉니다

역사의 뒤안길

걸음 하나에
역사의 문 하나
열리고 닫히누나

역사의 뒤안길 무얼 따라
거칠어진 숨결 가다듬나?

다시 돌아볼 날, 다시 만나
헤아려 볼 날 있을까

긴 호흡에 한 걸음
끝없는 하늘에
가슴 활짝 펴 본다

한번 뿌려 놓은 씨앗
거두어들일 수 없기에
오래 두어도 변하지 않는
역사의 초장에 향기 되리라

한 송이 꽃이라도

나사렛에서
무슨 선한 것이 나겠는가?
버려진 땅에도 꽃은 피는가?

지나는 햇볕에 그을린 꽃
향기로 와라

나 없는 길에 달콤한 열매
벌 나비 불러내지 않을까?

가시와 엉겅퀴
길 따라나서나, 가야지
한 걸음이라도 가야지

골고다에 피는 한 송이 꽃이라도
벌 나비라도 되리라

하늘 맞닿은 곳엔
생명과 사랑의 길 열려 있으리

국화꽃 향기 / 野花今愛

봄볕에 그은 얼굴
여름날의 길고 긴 장맛비에
젖은 나그네처럼
키 재기도 홀연히 끝내고

아침저녁 상큼한 바람
울타리에 찾아들면 노란 향기로
가을 하늘 시리도록 태워 놓고

밤새 하얗게 내린 서리
검은 머리에 인 채 북풍 몰아치면
온몸이 얼기까지 먼 땅에 웅크리고 앉아

타다 남은 그 얼굴로
토해 내는 국화꽃 향기야

너의 손 내밀어 내 얼굴에 닿는 순간
봄부터 품은 맘
살그머니 손바닥에 떨구어 놓는다

길목에서

한 가닥 빛처럼
한 줄기 바람처럼 흐른다

한 시간, 한때
매 순간 은혜란 말 외에
표현할 게 달리 있는가?

살아 있는가?
먹기 위해서가 아니라
적어도 생수에 목말라하고
진정 사랑에 굶주려 외치는 소리에
내어 줄 귀 가졌는가?

진실을 사랑하고 있음에
깨어 있나 돌아보고
한 걸음, 한 걸음 나아가리
발가벗겨진 어린 아가의
심장 고동 소리처럼

너

진리의 말씀
너의 지성을 사로잡고

생명의 약동
너의 심장을 사로잡고

사랑의 설렘
너의 발바닥을 사로잡고
순례의 길 가고 있나

박수 소리 멀어져
들리지 않을 때까지

순간순간 머무는 눈길에
영원을 잇는
사랑의 끈 매여야 하리

한때

한 가닥의 빛처럼
한 줄기 바람처럼

한 시간, 한때
순간마다 은혜다

살아 있음에,
사랑하고 있음에
깨어 있나 돌아보고

한 걸음, 한 걸음 나아가라
대지의 발자취 따라

가까이 다가갈수록

가까이 다가갈수록 따스한 언덕
푸른 들판 너른 들
두 팔 들어 맞이하는데

가까이 다가갈수록
더 가까이 다가가고 싶은데…
곁에 두고 싶고 함께하고 싶다

오십 줄 넘으니
멀리 두어야 가까이 보이니…
그리운 고향 집 가까이 다가갈수록
왜 저 멀리 달아나나?

어머니!
커다란 고목처럼
시린 정만 남겨 두고서

너의 목소리

어둠을 살며시
두드리는 소리

긴긴밤 별들의 눈빛으로
녹여 낸 새벽이슬

깨어난 광야
꽃 한 송이

메마른 가슴에 다시 피어날
사랑의 약속인가?

타는 목마름에
하늘과 땅의 입맞춤에
솟아나는 샘물인가

여는 숨결

얼어붙은 바위틈
덩그러니 매달린 물방울

생명의 숨결
그립고 그립던 봄꽃 만발한 들녘에
기어이 가슴 벅찬 아침
웃음 터뜨린다

가파른 언덕도 넘고
거친 가시밭길 슬며시 지나고
삼복더위 흙탕물 요동치는 계곡
온몸으로 굴러왔다

상처뿐인 몸에
삶 속 끈끈한 소망의 향취
다시 거친 숨결로
여명의 길 열어 간다

하늘바람이 분다

바람이 분다
하늘바람 분다

숲길 가는 나그네 어깨
꽃향기 담고
함께 코끝 따라 들녘을 간다

하늘의 시선 머무는 자리
뛰는 가슴으로 아장아장 걸어간다

있는 듯 없는 듯하나,
긴 호흡에, 가슴에,
마음과 마음 맞닿은 자리
넌, 얼굴을 감싸 안고

너와 내가 만난 꿈같은 이야기
손바닥에 새겨 두고
들녘 지나 꽃길을 간다

그대가 맞는 새해

밝고도 찬란한 태양
검푸른 동해 물결 힘차게 밀어내고
너와 내게 희망으로 솟아올랐습니다

값을 내지도, 쌀쌀맞지도 않은,
요청하지도 않았는데 뜨거운 정열
부드러운 눈길로 저 붉은 태양
우리 가슴에 들어옵니다

뿌연 이슬 머리에 이고
다정다감한 미소로 다가온 저 하늘의 태양
지치고 낙심한 마음에 일어나
다시금 힘 얻도록
선물로 우리 곁에 옵니다

지난밤 꿈결에 잠깐 보았던 그 모습
갑오년(甲午年)은 지나간 어제가 되어
다시 깨어날 날을 기대하며
추억의 창고에 자리합니다

선물로 받은 기회의 시간
걸음마다 생명의 씨앗 뿌리고 발자국마다
사랑의 숨결 녹아내려
또 하나 소망의 꽃향기로
피어나는 삶이길 기원합니다

지나온 날들이 아슴아슴 다시 찾고 싶듯
삶의 자취에서 만난 사람들이 그리운 얼굴,
감동의 물결을 일으키는 뜨거운 가슴으로
기억되는 모습이었으면 합니다

새해 아침!
그대 있기에 차가운 눈발, 뒷동산 아지랑이
꽃잎 틔우는 봄날처럼 다가옵니다
그대 오늘 걷는 한 걸음
희망이요, 행복입니다

새벽

고요히 새로운 무대
여는 새벽

누군가 열어 놓은 새벽길
새벽 사람
새벽길 간다

사랑과 섬김의 무대
이루어 가는 삶

이슬에 젖은 새벽길
열어 놓는다

봄 마중 2

만물이 생동하는 봄
문턱 살짝 넘은
하얀 뭉게구름에 실리어

파란 바다 위 넘실대는 수평선
넘고 넘어
반가이 찾아든 봄바람

긴 겨울만큼이나 설레어
내 마음의 작은 문 열어
기쁨에 봄 마중합니다

묵혀 두었던 꿈 부풀어 올라
지나는 나그네에게도
기쁨과 생기 불어넣는 나날
열어 가길 소망하여

두 손 모아
지평선에 사뿐히 내려온
푸른 하늘에 태워 보냅니다

2장

너와 내 가슴에 피는 꽃

(2015년 3월~2015년 8월)

대보름 기적

난 오늘도 기적을 보았다
가슴 벅차고 숨이 막혀 온다

“찹쌀 한 되하고 팥 보낸다
보름 지났어도 쉴 때 해 먹어야!”

새봄 움터 오는 3월 5일 아침
꿋꿋하게 하루하루 살아 내는
어머니의 전화다

팔십팔 세 늙고 병든, 일어나 밥할 힘도 없고
유모차로 겨우 동네 태복이 엄마 집에
마실 다니는 홀로 계신
나의 사랑스러운 어머니

난 오늘도 설레는 맘으로
기적을 보았다
미치겠다

하얀 손길

아침 열어 주는 하얀 손길
새 인연 만들 마당 단장하고

참 좋은 오늘이길
소망하여 하늘의 하나님께
두 손 모은 님의 맘 알알이 전해 온다

봄기운에 샘내는 삭풍 거친 손길도
마다하지 않고, 밉지 않은 건
너의 때 얼마면 사라지고

꿈과 사랑 꽃피울 인연 만들 날들
들풀처럼 펼쳐질 새벽 기운처럼
속히 오기 때문이리라

멋지고 고운 글 복수초처럼 전해 주니
내 마음에 고운 봄꽃처럼
인연이 되어 자리합니다

저녁놀 바라보노라니

"젊은이 내 말 좀 들어 봐!
나도 한때 사랑스러운 아가였고,
사랑받는 아내였고, 자상한 엄마였고…
이제는 저녁놀 홀로 보며
밥상 맞이하고 있지"

저 할머니 마음속에 내가 있고, 네가 있겠지?
그래도 우리에겐 세월이 잔인하다고만
할 수 없는 게 있을까요?

밧줄로 꽁꽁 묶어 가져가 버린 세월 속에
묻어 둔 그 아린 사랑과 헌신의 흔적
거친 손등에, 굽은 허리에, 주름진 저 얼굴에,
떨리는 목소리에 켜켜이 스며 있지 않나요?

비록 저무는 해 서러울지라도
붉고도 찬란한 저녁놀 내 가슴에 새겨 두고,
캄캄한 날 오거들랑 긴긴밤 하나둘 꺼내 들고
가신 님의 그 흔적 헤아려 보려 합니다

꿈꾸는 봄날 보내는 아들에게

힘드냐?
맘 상하게 했다면 미안하다
살다 보면 예기치 못한 일이 많지
기죽지 말고, 더 멋진 꿈을 향해 달려가라
꿈은 두드리는 사람에게
항상 열 준비를 하고 있단다

학창 시절 얼마나 좋은 때냐?
구김살 없이 멋지고
알토란 같은 젊음 불태우길 바란다

봄날 환히 밝혀 주는 창조주의 미소
너를 바라보듯
남녘의 봄꽃 바람 꿈과 새 힘 불어넣듯
동백꽃 미소 향기로운 옷으로 단장한
매화꽃 웃는 얼굴, 청춘의 푸른 시절 시샘하듯
널 은근히 바라보고 있지 않으냐?

너와 내게 열린 이 봄날
다시 돌아올 수 없기에

더욱 소중하고 흥미진진하지 않겠니?
선물로 받은 꿈 많은 봄날이 간다

미소 짓는 얼굴로 인생의 일기장
써 내려가길 기도한다
진달래꽃 만발한 봄날처럼…
아들, 사랑한다 ♡

* 한 달 아르바이트 월급만큼의
물건값 사기당한 아들에게
어느 봄날을 꿈꾸는 아빠가
2015년 3월 16일

너와 내 가슴에 피는 꽃

에덴에 피는 꽃
샛노랗게 연분홍 얼굴 가리더니
빨간빛으로 향 뿜는다

산자락에 흐르는 물
실개천에 물고기 오르고
휘몰아치는 물결 마음마다 출렁인다

피고 지고, 피고 지고
상한 꽃망울
뜨거운 여름날 지나면
마음에 새겨 둔 씨앗 하나
봄 마중하던 그 설렌 발걸음에
열매 맺으려나

당신의 자비, 꽃처럼

당신의 자비, 피처럼 떨어진다
남은 피 한 방울 남김없이 십자가 위에
꽃처럼 떨어진다, 검은 땅 촉촉이 젖도록

모두 저주, 또 저주를 퍼붓는다
죽일 놈! 살려 둬서는 안 될 놈!
예수, 네가 죽어야 우리가 살지

나는 모르오,
나사렛예수 한 번도 같이 다녀 본 적 없소
저 사람, 하나님 모독했으니
저주를 받을 것이요
저주의 십자가에 죽는 것이 마땅하오
증오와 멸시, 저주와 살인,
침묵 뒤에 숨은 무관심,
죽음의 땅에서 세상 죄진 어린양
피 흘려 하늘길 열어 간다

모두 숨죽인 어둠의 땅에 로마 병정들
굳게 지킨 돌무덤 열렸다

그토록 갈망하고,

애통하며 몸부림치던 희망이기에

예수 부활, 다시 사신 예수

너와 나의 가슴 뚫는 생명의 길 열어 놓았다

봄노래

봄노래
들어 보실래요?

노란 옷 화사한 얼굴
가슴에 묻어 두었던
소망의 노래 들어 보세요

고요한 호숫가 살며시 조각배 띄어 놓고
꽃바람 타고 살랑살랑 어깨춤 추며
노래하는 꽃님들 사랑 넘치는 노래에
귀 기울여 봐요

마주하는 눈길마다
너무나 행복해
저 하늘 높이 날아갑니다

함께 나는 내 마음의 창가
정다운 새들이 반가운 눈짓에
절로 소리쳐 노래해요

너 보고 싶을 때면

너 보고 싶을 때면 봄날 아지랑이
봄볕 짙은 언덕배기에 한가히 노닐고
넓은 들녘 지난 산자락 실개천 산들바람 불면,
고향 마당 꽃들 부끄러운 줄도 모르고
민낯 그대로 드러내 놓고
날 반기는 소담한 미소
그대 얼굴 닮아 어여쁘다

새근새근 잠든 동심
단번에 일깨워 봄 길 가자 하니
내 마음 꽃향기에 녹여 내어
봄바람 태워 보내마

봄날 타오르는 꿈, 등에 가득 업은 채
한없는 봄날 쑥 바구니에 담아내던
어느 처녀의 흥겨운 노래

아직 내 마음에 아련해
절로, 절로 꽃 향에 취한 꿀벌 따라
산과 들 넘는다

님, 언제나 그립다

눈을 떼자마자
그리움이 몰려온다
손을 놓자마자
마음이 아려 온다

그간 쌓아 둔 정 얼마이기에
끊어 내야 할 정 때문에
이다지도 가슴 아파하는가?

살 속까지 스며든 가시밭길 정
뱃속에서부터 스멀스멀 배어 있는
정까지 갈래갈래 흔들어
달아날수록 더 가까이 다가오는가?

앞뜰과 뒤뜰에 쌓인 흔적
손과 발이 되고
오늘도 봄볕에 그은 얼굴
흙빛 되어 저 먼 하늘을 바라보는데
왜 이슬처럼 슬픔 매달려 있나요?

아낌없이 다 내어 주고 이제 더 줄 것 없어
메마른 가을 나무같이 앙상한 몸뚱이
저 멀리 보이지 않을 때까지
한없는 사랑의 눈길 어찌하여 가느다란
끈처럼 흔들리나요?
님의 곁 떠나자마자
한없는 그리움이 밀려옵니다

* 치매에 시달리는 88세 된 노모를
고향 땅에 홀로 두고 떠나올 때
2015년 4월 22일 수

오월이 오면

고향에 있을 땐 좋은 줄 모르지만
떠나오면 그립듯 부모님 곁에 함께 있을 땐
그때가 행복하고 마냥 좋을 줄
이렇게 사무치도록 그립고 아쉽고,
송구함이 더할 때 더 깨달아집니다

인생이기에, 보냄을 받았기에, 나그네이기에,
계절을 따라 꽃피우며
향기로운 미소 짓는 그 얼굴에
함께 마주 보며 웃음 지으려 합니다

님이 남겨 둔 발자취에 내 발자국 맞대 보며
그 크기, 넓이, 그 은혜 헤아리며
길 지나는 이의 삶에 작은 흔적이나마
들꽃처럼, 꽃을 찾는 벌 나비처럼
또 하나의 꿀이 되고,
향기 되어 보려 합니다

누군가 지나는 길에 눈 마주침 있다면
땅과 하늘 빚은 이의 얼굴 닮았음을 발견하고

함께 웃음 지었으면 좋겠습니다

오월이 오면
그리운 사람 더 그리운 건
받은 사랑에 못다 한
그 마음 때문 아닐까요

저 산 너머 있는 아름다운
내린천 산골짜기 산나물도,
산나물에 여린 꿈을 나르던
그 정겨운 사람들도 그리워집니다

아들 향한 편지

사랑하는 아들
정성이 담긴 편지 잘 받았다

아빠는 너희가 가장 큰 선물이고 자랑이야
어릴 적 너의 아름답고 멋진 모습만 생각해도
기쁘고 행복하단다

내가 손 닿지 않은 곳까지야
어떻게 챙기겠니?
네가 즐거워하는 너의 하나님께 맡기고 있다
또한, 그 하나님께서 널 잘 아시고
사랑과 생명의 길로 인도하리라고 믿는다

단 한 번뿐인 소중한 대학 시절
멋지고 아름답게 엮어 가라
가슴에 묻어 두고
언제든 꺼내 보아도 좋을 이야깃거리로
채워졌으면 좋겠다

도전도 실패도 해 보고, 인생을 폭넓게,

그리고 깊이 있게 경험하고 부딪치며
인생의 맛을 아는,
따뜻한 마음과 향기가 있는
여유로운 사람이면 더욱 좋겠다

우리의 좋으신 하나님께서 너와 나
그리고 우리의 삶을 지키시고
은혜와 사랑의 길로 인도하시리라 믿는다

너의 앞길에 부유하고 인자한 주께서
복을 주시고 함께하길 기도한다
예기치 않은 편지 고맙다
사랑한다, 아들아!

희망 없어 보이는 현실이라도

정말 희망 없어 보이는 현실이라도
소망의 끈을 붙잡아야 하나요?
예, 그렇습니다

잊고 싶고, 지우고 싶은 기억이
아직도 현실로 있는 세월호 속
삼백 명 주검들,
저 시퍼런 바닷물 속에
살아 보려고 몸부림치던 그 생명,
그 소망이 아직 우리에게 있지 않습니까?

우리가 사랑할 마음만 있다면,
하나님을 사랑하고 사람 사랑할 마음
하나만 있다면 그는 소망 있는 사람이요,
사랑받을 사람이요, 고귀한 사람입니다

아직도, 우리는 하나님의 사랑,
이웃들의 사랑받는
소망 있는 사람입니다

주여! 긍휼과 자비를

민족의 허리 잘리어
그렇게 서로 죽이고 죽고도 모자라
아직도 더 잘 죽일 수 있는 총을 만들어
기회를 엿보는 사자처럼 으르렁대고 있습니다

전쟁의 상처로 사랑하는 아빠와 남편,
사랑스러운 아들딸 잃고
흐르는 눈물을 닦을 새도 없이
목 놓아 부르던 사랑하는 님들의 외침
마치 저 산 너머 사라진 메아리처럼
잠잠해졌으나

아직 남은 목숨 부여잡고
여태 살아 있을 헤어진 가족들을 찾기에
밤마다 꿈속에서나마 볼까 해
부르던 이름 하얀 새벽이 되었습니다

진도 앞바다 푸른 물결에
청운의 푸른 꿈을 잔인하게 수장시키고도
우리는 슬픔과 탄식만으로

세월을 이어 갑니다

보석처럼 빛나는 그 눈동자를
바다에 둘 수 없어 내 눈에,
내 심장에 새겨 두고
저 천국의 재회를 기다리는 때
우린, 다시 메르스(MERS)라는 질병 앞에
커다란 시험을 받습니다

왜입니까?
얼마나 더 아파하고 울어야 합니까?
다시금 간구하오니 주여!
우리의 악과 죄를 용서하소서
선한데 미련하고 악한데
지혜로운 어리석음을 용서하소서

악한데 지혜로워 이 땅에
사망과 질병 왔사오니
이 백성 거짓과 불의를 버리고
진노 중에도 긍휼과 자비를 잊지 아니하시는
생명과 사랑의 하나님께 돌아오게 하소서

금수강산에, 푸르른 이 땅에

가물어 메마른 이 땅에
은혜의 단비를 내려 주소서

메마른 우리의 마음에 사랑과
치료의 단비를 내려 주소서
이 땅 백성의 생명을 파멸에서 건져 주시고
인자와 긍휼로 관 씌워 주소서
그리하여 이 백성
주의 긍휼과 자비의 은택 송축하게 하소서

* 메르스: 중동호흡기증후군

2015년 6월 19일 금

하늘의 편지

멀리서 가까이서
그대 마음 보내는 꽃잎
뿌려 놓은 향기로운 옷으로

길 없는 곳에 작은 길로
깊은 어둠에 꺼지지 않는 등불로
외롭고 쓸쓸한 광야에 푸른 숲과 맑은 샘물로

하늘의 맑은 미소와
그림자 같은 따스한 숨결로
그대, 내 곁에 온다

나의 가는 길
한 걸음, 한 숨결, 한 눈길
그대 입술 심히 다니
그 전체가 사랑스러우리

내 사랑 길이길이
사랑스러우리라

뒤뜰에 화려한 꽃 피는데

오월의 하늘 푸르기만 하고
들에 핀 꽃들 제철을 만난 듯 화려한데
우리의 사랑이신 어머님의 봄날
어디로 갔나요?

님에게도 봄날은
화려하고도 찬란했을 텐데
오늘 고요히 떠날 길 재촉하는 발걸음
나그네처럼 낯설기만 합니다

형형색색 곱지 않아도,
시들어 가는 향기 없는 꽃이라도
곁에 있어 내 이름
불러 주는 것만으로도 행복입니다

작은 숨결로
곁에 계신 것만으로도
님은, 감동입니다

다시 부르지 못해 후회하는 이름아!

그 이름
그리운 그 이름
불러 보고 싶은 이름

지나고 나면 다시 부르지 못해
후회할 이름아!
사랑하고 사모하는 그 이름아!

나의 사랑하는 자여
역사의 수레바퀴를 다시 돌려서라도
또다시 불러 보고 싶은 이름아!

나의 사랑하는 자여!
내 마음의 사랑을
일깨우는 자여!

너의 사랑 인하여
나의 작은 사랑 불태우리라

어머니의 젖무덤

긴긴밤
끝없는 길 방황하다
다시 찾은 어머니의 젖가슴

거친 손 더듬고 또 더듬어도
만져지는 건 메마른 언덕

태어나 처음 세상과 마주한
첫사랑도 어머니의 젖무덤

냉정히 험한 세상 향해 밀어낸 곳도
내 마음 심어 놓은 곳도
포근한 어머니 젖무덤

말없이 이어 주는 끊을 수 없는
너와 나 사랑의 끈이리라

착한 바보

착하다
그러나 바보다
꽃처럼 아름답다
하지만 가시는 없다
착하다고, 불의를 행하는 사람을 옳다 하고
권력자에게 잘 보이기 위해
한 번도 아부한 적 없다, 착한 바보다

떡 만들어 주고, 병 고쳐 주는 걸 보고
사람들이 떼 지어 몰려들었다
바보는 기뻐하지 않았다
언젠가 떠날 거다
등 돌리고 침 뱉을 거다
뺨 때리며 조롱할 거다
그는 사람들의 마음을 보고 있다

난 달콤한 권력 너무나 좋다
이 행복에서 깨어나고 싶지 않다
왜냐고? 한번 취해 봐, 뿅 가니까
누구든 달콤한 침상에서 깨우는 자

모두 내 적이야

그는 죽어 마땅해
정치인이든, 돈이 많든,
왕이라도, 심지어 예수라도
아! 난, 이 달콤한 행복에 빠져 있다
누가 날 깨울 수 있으랴!

3장

행복의 조약돌

(2015년 9월~2016년 2월)

기다리는 가을 아침

파란 하늘에 눈 마주치고 나면
가을 기다리던 고운 님 어깨에
사뿐히 내려앉은 고추잠자리

곁에 서고 싶어 달려온 분홍 코스모스
얼굴엔 어느새 향긋한 웃음꽃 피어납니다

너와 나 긴긴 여름날 심어 놓은
땀내 나는 가지마다 설익은 열매
추억의 열매 무르익도록
두 손 맞잡고 가자 합니다

간밤에 몰아치던 비바람,
천둥 번개 저 멀리 바다 건너로 밀려가고
함께 엮어 놓은 콧노래
발걸음마저 구름 위 두둥실 날게 합니다

함께 맞는 가을 아침
여느 때, 보았던 것처럼
마음 창가에 다정히 다가옵니다

함께 가는 길

사방 천지에 펼쳐진 가을 하늘의 물결
저렇게 높고 푸르고 넓은 것처럼
우리의 마음도 넓고 시리도록
저렇게 푸르렀으면 참 좋겠습니다

저 들판 황금물결 모든 고단함 다 잊고
부르는 노래에 함께 말없이 손잡은
마음의 열매 무르익었으면 참 좋겠습니다

길 가는 나그네 어서 오라며 방긋 웃으며
손 내밀어 주는 연분홍 코스모스처럼
서로 마주 볼 때
빙그레 웃음 지으면 참 좋겠습니다

커다란 바위에 부딪힌 것처럼
길을 가다 더 갈 수 없어 애탈 때
서로 '나 여기 있어요' 하며
그림자처럼 떠나지 않는
사랑의 메아리였으면 참 좋겠습니다

들국화 흐드러지게 피어
우리의 옷깃을 잡으며 머물러 가라 할 때
봄부터 함께 가꾸어 놓은 우리들의 정원에
꾀꼬리 노래했으면 참 좋겠습니다

끝없이 펼쳐진 길 함께 가다가 서로 도우며
쌓아 올린 사랑의 돌탑 뒤돌아볼 때
그대의 향기에 흠뻑 젖어
단잠에 들었으면 참 좋겠습니다

그대 열어 놓은 사랑의 그 길 함께 걷다가
황혼 어느 주막 신발 끈을 풀 때
서로 부담 없이 쉴 등 되어 주면
참 좋겠습니다

서산에 붉은 노을 우리의 발걸음 붙잡아
별빛 수놓고 창공에
아름다운 추억 이야기 꽃필 때

서로 품은 가슴, 함께 가꾸어 온 꿈의 나라
한없이 펼쳤으면 참 좋겠습니다

그대 있으매

저 하늘이 내 품에 다가오리라는
기대하지도 않은 날
아름답고 사랑스러운 꽃과 음악
선물해 주신 당신은 가을 향기 따라
끝없이 흘러오는 꽃잎이어라

태워도, 태워도 꺼지지 않는 불꽃처럼
밤하늘 수도 없이 빛나는 별빛
당신의 사랑스러운 눈망울이어라

남태평양 어느 바닷가
지르밟을 때 발바닥으로 밀려오는
모래알들의 헤아릴 수 없는 간지럼
끝도 가도 없는 너와 내가 함께 나눈
사랑의 발자취이어라

산과 들에 천사처럼 피어난
붉고도 찬란한 단풍잎
꿈처럼 아름다울 수 있는 건
사랑의 눈을 가진 그대

가을 하늘 아래 있기 때문이어라

기나긴 나그넷길
지치고 힘들 때도 있지만
그대 항상 내 곁에 있어 광야 같은 세상
끊임없이 생명수 흐르는 행복한 나날이어라

여는 새벽

새벽을 가르는 찬 공기
그대의 마음,
그대 심장을 타고
돌아온 숨결이라

따스한 그 숨결
창공을 오를 때
내 가슴의 숨결 함께 떠올라
사랑의 흰 구름 만들어 가네

오늘도 그대 숨결 하나,
내 숨결 하나
계절이 바뀌는 길목에도
정다운 마음 엮어 가리

아이 좋아라

꽃보다 더 고운 가을 향기 머금은
아름답고 맑은 그대 있어 행복한 아침
참 아름답고도 놀라워라
그대의 세계 참 오묘하고 고와라
그대 어루만짐

눈부시도록 푸른 하늘 아래
황홀하도록 찬란한 붉은 저 단풍
누구의 뜨거운 입김인가?

형형색색 가지마다 어여쁜 옷자락
누구의 손짓인가?
숨 막히도록 부르는 그대 몸짓
어찌 사랑스럽지 않으랴!

깊은 계곡, 고요한 호수
끝없이 온 누리 불태우는 그대 마음,
아이 좋아라
어찌 내 마음 저 불타는 산과 들
넘실대는 춤사위에 함께 춤추지 않으랴

아침 창가

조용한 아침 창 두드리는 건
그대의 심장 고동 소리

그 발자취 반기는 건
기나긴 수평선 넘어 새벽길 달려온
아침 햇살 한껏 품은 뜨거운 가슴

끝없이 펼쳐지는 기이하고 오묘한
세상의 아름다움도
별처럼 빛나는 행복한 아침
삶의 소망을 담은 시간도

가을 향기 따라 전해 오는
그대의 손길 없다면
그 어디에 아름다운 이야기 있으랴!

설봉공원의 호숫가

가지마다 아름다운 색종이 매단 설봉공원
어머니와 함께한 즐거운 가을 나들이
어찌 행복하고 즐겁지 아니한가

공원 호숫가 피어난 폿말 이채롭지 아니한가
"괜찮아" "힘내"
"웃자" "행복해" "곁에 있어 줘"
"고마워" "사랑해"

끝없이 열린 푸르른 하늘
가지마다 걸린 기나긴
여름 나절 이야기 재잘거리고

길마다 사람들의 나들이 흥겨워
얼굴에 웃음꽃 피어나니
함께한 어머니 얼굴
어찌 즐겁지 아니한가!

* 이천 설봉공원 어머니와 가을 나들이하며
2015년 10월 17일

하얀 아침

동해 가로질러 낸 하얀 아침
붉은 열기로 구워 낸 이슬

경건한 마음에 두 손 모아
날 찾는 이의 심장 소리에
귀 열리누나

밤새 이슬에 떨다 열린 아침
밤새 붉게 물든 검푸른 바다

깊은 계곡 울창한 숲
참새들 장난기 어린 속삭임

오리라 한 님의 사랑
거친 숨결로 새벽길 열어
온 마음으로 반기리라

젖어 드는 가을비

가을비 하나둘, 하나둘 내려
거칠고 메마른 대지
촉촉이 적셔 주고

마른 잎 붉은 단풍 속삭이는 소리
마음 하나 가을비에 젖어 드네

오리라 한 약속 차가운 바람결에
더운 가슴 안고 다가오지 않을까?

이 비 그친 후면 오리라던 언약
촉촉이 젖은 땅같이
길이길이 네 마음에 녹아들리라

시월의 마지막 날

푸른 하늘 늘어진 가을 아침
만나면 설레는 마음 들킬까?
울긋불긋 가지마다
붉은 옷, 노란 옷으로 갈아입는다

뭔가 남기고 싶다
길 가면 누군가, 아니 정다이 반겨 줄 누군가
아름다운 벤치에 만날 것만 같은데

붉은 우체통에 연분홍 꽃 편지
기나긴 오후 지루함도 없이
날 기다려 줄 것만 같은 시월
마지막 날이 간다

마음에 쌓아 둔 사랑의 편지
그리움으로 물들여 놓은 하얀 편지
아직 부치지도 못했는데,
진한 아쉬움만 남기고
가슴만 붉게 물들이던 시월
마지막 날 내 곁을 떠나려 한다

가려느냐? 아쉬운 맘 남았을까?
마지막 남겨 놓은 말 가슴 한쪽에 새겨
다시 들어 볼 마음 가지고 떠나려나

정을 두고 떠나기에
사랑의 마음 손끝에 새겨 놓았기에
다시 오리라는 약속으로 믿어도 되리오

떨어지는 잎이지만 색상은 화려하게
지는 영광이지만 그 자태 요란하지 않게
아름다움만 떠나가는 그대는 누구?

하늘에 두었던 달콤함

님께서
하늘에 두었던 달콤함
가을 열매에 내려와 앉고,

그 기쁨
그를 기뻐하는 이들의 마음에
향낭처럼 자리하여
그를 만지는 이에게
사랑의 향기로 노래합니다

사랑하는 그대에게
열린 새날, 새달, 새 마음으로,
믿음으로 맞이한 새 시간

사랑을 따라 진리와 생명
동행하는 새날이길 소망합니다

인생 11월 아닐지라도

인생 11월은 아닐지라도
어쩐지 인생의 후반에 들어서서
서서히 되돌아보는 자리에
서성이는 자신을 발견할 때 종종 있습니다

그대는 어떠합니까? 고난이 많았나요?
아님, 그것을 감사의 열쇠로
잘 열어 행복의 동산으로 꾸며 갔나요

그 큰 사랑 받은 자신을 기억하고
사랑 따라 살도록 요구하는 님의 마음 품고
한 걸음 한 걸음 걷기 원합니다

저물어 가는 늦가을
손과 발, 눈과 귀 감사의 열쇠 달아 놓아
행복의 꿈 동산 만들어 보렵니다

어느 하늘 아래 천사의 편지 받아 든
그대 자리하는 곳마다 사랑 노래 흐르는
행복의 꽃동산 이루길 소망합니다

하루 여는 나그네

참 좋은 아침, 저 하늘의 노래에
사랑을 담은 아침, 두 팔 벌린 행복한 아침
아름답게 그대와 함께 열립니다

길은 멀어도 함께 가는 이 있어 감사하고,
작은 가슴에 사랑의 불을 켜는 그대 있어
그 즐거움 행복의 동아줄을 더 굵게 합니다

지나는 길마다 사랑을 따라
조그만 씨라도 심어야지
작은 씨앗이라도 소망으로 심어야지

입술이 열릴 때마다
다시 돌아오는 메아리, 기쁨 되도록
입술에 사랑의 꿀물이 흐르게 해야지

언 땅을 사정없이 터치고 올라와
온 세상 다 가진 것처럼
꽃 여울 피어나는 봄의 꽃길도,
천둥 치고 비바람 몰아치는 깊은 계곡에도

녹음 물결쳐 하늘을 덮는 여름도

농부의 땀 흘린 수고 잊지 않은 듯
따가운 햇볕 머리에 이어 두고
기어이 황금 이삭 겸손히 고개 숙이고
국화꽃 향기에 빨간 사과
꿀송이 달아 놓고 뻐기는 가을날

하얀 눈송이 천지를 덮어 놓고
아무 일도 안 한 것처럼 시치미 떼는
한가한 겨울도 우리 등 뒤에 서는 날

그날 와도 흰 눈 내리는 숲길에 피어난
빨간 동백꽃처럼
그대와 함께 심고 가꾸어 온 날들
기쁨과 감사의 꽃향기로 가득한
꿈 동산이었으면 여한 없겠습니다

오늘도 하늘 열어 준 아름다운 날,
그분 사랑이기에 내 걸음 그 사랑에
화답하는 한 날이길 소망합니다

동화처럼 열리는 미래의 동영상 속에

웃음꽃 피는 그대의 얼굴
환하게 다가옵니다

一心

하루를 천 년같이
천 년을 하루같이
품속에 두었던 인애(仁愛)

역사의 한 길모퉁이에도
눈길 하나 떠나지 않고

매일 새벽 깨우는 태양처럼
매일 저녁 하늘 물들이는 저 달처럼

심장의 고동 소리 함께
꽃망울로 기쁨 메아리치리라

손끝 잡아 주오

그대 마음 어찌 그리 붉어
내 마음마저 붉게 물들게 하오

다시 오지 못할 청춘
그리워하는 작은 몸짓인가?

남은 여정 보낸 자에 대한
불타는 사랑인가?

열정 타는 저 춤사위
내 손끝 만져 주어
그대 쌓인 얘기 들려주지 않으려오

다시 되새겨도
마르지 않은 작은 시내 되어
나그네 길동무하면 어쩌리오?

긴긴 겨울밤

간밤에 작은 이슬 바람 좋은 아침을 깨우는데
간절한 소망 하늘을 열었나요? 그대!

여긴 간밤에 눈 내려 꿈꾸는 아이들
동화 속으로 데려갔어요
난 밤새 목 부어 침 겨우 삼키느라
이리저리 뒤척이며 끙끙 앓았어요

밤, 그래서 길어지고 더 길어지는 날
또 다른 이야기 만들어 내나 봅니다
새벽 화장실에 있는데 갑자기 어두워졌어요
그것도 성경을 읽고 있는데…
완전 깜깜, 와우! 당연히 앞이 안 보이겠죠

그대는 지금 촛불 밝혔나요?
아침에 사방 희미해
도저히 앞을 제대로 볼 수 없어
구중궁궐에 있는 청실홍실 굵은 초 찾아
불을 켰어요

아~~~! 이 밝음이라니
오, 주여! 감사합니다
눈 한 꺼풀 벗겨졌죠
이 아침 그대 내 마음의 창
켜 둔 촛불 타고 있어요

그대였으면 좋겠네요

종일 눈 내려
마치 동화 속 공주님 만나러
숲속이라도 걸어가야 할 것 같은 날

홀로 길 가면 많은 사색에 젖을 수 있고
친구와 함께 가면 수많은 이야기꽃으로
가는 길 수놓는다지요?
그 친구가 그대였으면 좋겠네요

영화관에 가 본 적 오래되었는데
옛 시절 종로 어느 극장에서
친구와 〈로미오와 줄리엣〉 본 적 있는데
이젠 인생길 걸어온 날들을 회상하며
진정 사랑이 무엇인지
함께 얘기 나눠 볼 수 있는 친구가
그대였으면 좋겠네요

한겨울 산길 가다가 붉은 동백꽃 발견하고
그 기쁨, 그 감동 함께 나누며
가슴 따뜻해지는 친구가 그대였으면 좋겠네요

누구에게도 아린 가슴 얘기할 수 없을 때
달려가 속 시원히 다 털어놓고
얘기할 수 있는 친구가 그대였으면 좋겠네요

봄이 오면 고궁에 피어난 매화꽃 향기 맡으며
왕처럼, 왕비처럼 함께 걸으며
참사랑의 나라 꿈꾸는 이
그대였으면 좋겠네요

찬 바람 불어 늘 푸르던 잎
가차 없이 누렇게, 붉게 떨어지고
흰 눈 내리는 겨울 대책 없이
홀로 바라볼 수밖에 없을 때
살포시 다가와 따뜻한 손 내밀어
꼭 잡아 주는 이가 그대였으면 좋겠네요

산이고 싶다

나도 산이고 싶다, 깊고 높은 산,
아름다운 산,
꿈같은 이야기 품고 있는 산이고 싶다
누구든 산을 사랑하는 마음 가진 사람이라면
고요히 품에 안고
다정히 맞아 주는 산이고 싶다

꽃 피는 봄이 오면
조그만 도시락 가방 등에 메고 뒷동산 올라와
소년들의 외치는 소리에
반가이 메아리치는 산이고 싶다

언젠가 미련 없이 그대가 떠난다면
난, 가는 길에 향기로운 꽃
친구 삼아 전송하고
다시 돌아온다는 약속 없어도 깊은 골,
생수 흘러 푸르고 울창한 숲 가꾸어
산새들 노래하는 푸른 산이고 싶다

해 지고 달 뜨는 어두운 밤에도

님 바라는 자리 깊이 뿌리내려
떠나지 않는 그대의 산이고 싶다

한 걸음

님이여!
광야 같은 세상에
어디 계십니까?

천 년이 하루 같은 시간에
하루를 천 년같이 여길
그 마음은 무엇입니까?

어제를 다시 돌이킬 수 없기에
내일을 살짝 엿볼 수 없기에
오늘 나 여기
하늘에 계신 님, 우러릅니다

그리고 뚜벅뚜벅, 한 걸음
그래, 또 한 걸음
걸어갑니다

당신의 숨결

한 번도 멈추지 않은 시냇물처럼,
마르지 않은 샘처럼
사랑의 샘에서 흐르는 물
갈급한 영혼에 시원한 맘 일으켜
사랑을 따라 사는 길 배우리라

밤새워 길 찾아 나선 마음
하늘 맘 품은 나그네에 머물고

의의 길 찾아 광야에 외칠 때
외로운 메아리에
응답하는 이 누구인가

진리의 맘 품고 가는 걸음
함께 발맞추며 어디까지 갈 것인가?

식지 아니하는 당신의 숨결
뜨거운 생명 따라 살아온
사랑 꽃피리라

그리움

실낙원에서
에덴 그리워한다

도시의 메마른 땅에
파란 이끼 품은
넉넉한 숲 그리워한다

밤낮 외치는 진리의 아우성에
처음 나누던
에덴의 밀어 그리워한다

그리움 지평선에 다다르면
나도,
너의 그리움 되고 싶다

마음에 울리는 메아리

해바라기 태양 따라 돌듯
엄마 소 따르는 송아지처럼
꽃향기 따라 춤추는 나비처럼

그대와 함께 지난 한 해
아름다운 강산
고운 사랑의 메아리 되어

깊은 골짜기 숲 더 푸르게 해
산새들 맑고 새초롬한 노래로
사랑을 이뤄 가도록
시원한 물줄기 흐르듯 이어 온 날들

마음속 일기장에 고이 적어 둡니다
책장 다시 펼칠 때
너와 내가 미소 짓도록…

작은 행복

죽음같이 긴 밤 깨우고
맑은 하늘 아래 눈동자 껌벅이며
커다란 콧구멍 열고 숨 쉴 수 있다니
행복하지 아니한가!

하늘 열렸으니 기적이다
이 광활한 우주 아름다운 하늘과
지구촌 생명 꿈틀대는 무대
주인공으로 있으니
행복하지 아니한가!

너른 발바닥으로 촉촉한 땅 밟고
나뭇가지에 걸린 차가운 바람
온몸으로 느끼며 한 걸음, 한 걸음
길 걸을 수 있다니 행복하지 아니한가!

봄소식에 깨어난 흙냄새
볼품없는 언덕에 피어난 꽃향기
계절 바뀌는 길목에 철없이 부르는 새소리
들을 수 있다니 행복하지 아니한가!

행복의 조약돌

성탄절 오후에 이천 형님
어머니 모시고 시골로 내려간단다
문자 보고 깜짝 놀라
우리 집으로 모시고 오세요 하고
문자 보냈다

기다리다 고향에서 홀로 계시도록
내려갔을까 봐 전화를 걸었다
다행히 서울 형님 집으로 가고 있단다
휴! 다행이다
잠시 후면 서울 가서 만날 수 있겠지
마음이 설렌다

둘째 형은 절약하느라
거실에서 난방 끄고 산다
거기 병으로 여주노인전문병원에 계시던
어머니
그리고 두 형님 내가 큰아들과 함께 찾아간
나를 반가이 맞아 주었다

찐 고구마, 딸기, 깎은 사과, 치킨, 검은 곶감
넓은 상을 장식하고 있다
우릴 기다리다 눈 빠질 뻔했다는 어머니
눈이 휑하니 들어가 있다
하늘의 하나님께 감사하고
서로 작은 이야기보따리 꺼내 놓자
웃음꽃 가득하다

벌~써 늙으신 어머니
얼굴 검고, 주름 늘고, 기운 떨어지고,
기억력 호롱불처럼 가물거렸다

하지만 허리 꼿꼿하게 앉아 계시는 모습,
서 계실 때도 허리 반듯하다
와우! 감동이야

얼굴 마주 보고 적은 음식 나눠 먹으며
서로의 목소리 듣는데 행복의 물결
차가운 겨울바람 한강 너머로 밀어냈다

한 해 저무는데, 어머니, 형들,
조카 얼굴에서 작은 행복 맛보았다

한마디 문자에도, 귀에 익은 목소리 하나
작은 손 내밀어 잡아 주는 손길
모두 행복 만들어 내는 조약돌
아! 나는 행복한 사람

처음처럼

태초에, 온 우주의 별들을 만들 때
하늘의 물과 하늘 아래 물로 나눌 때

에덴동산 빨간 꽃, 노란 꽃 만들어
꿀 향기 가득히 채워 놓고
당신 닮은 사랑의 사람 만들어
품속에 불러 본다
내 사랑아! 어서 오너라

사랑으로 만든 세상
모든 호흡 있는 것들 물로 멸할 때
한탄하고 탄식하며 온 지면 쓸어버릴 때
하늘 구름 속에 일곱 색깔 무지개 그려 놓고
다시 사랑 약속하신 창조주의 마음
갈대아 우르에서 믿음의 사람 부른다
내 사랑하는 친구, 아브라함아!

밤새워 그물 던져도 한 마리의 고기도
건지지 못해 허탈해할 때
내가 너, 사람을 낚는 어부 되게 하리라

이기심에 빠져,
구경하는 사람들 눈동자 두려워
당신 모른다며 저주하던 나를 향해

긍휼히 여기는 눈빛으로 내 양을 먹이라
세상 끝 날까지 함께하리라
다정한 말 내어놓는다

해와 달과 별들, 꽃과 벌 나비 만들어
처음 불러 주던 그날처럼
새로 나온 태양,
처음 보던 것처럼 우주에 빛나고
새날 열려 내게 다가온다

사랑으로 불러 주던 첫 목소리
이제 다시 오실 약속 따라
최고의 법, 사랑의 법 마음에 새겨 두며,
내가 널 사랑한 것처럼
너희도 서로 사랑하라

발자취

처음 맞는 은혜로 주어진 아침
사랑을 따라 행하여
사랑의 향취 품어야지

그립구나!
사랑의 발자취 따르는 님이여!

만나 보고프다
임의 선하심 맛본 그리운 님이여!

임 계신 곳 어디메요
저 푸른 동산에 숨었구나

저 시린 들판
메마른 언덕에 홀로 서 있구나

임 발자취 따르다가 마침내
가슴으로 알아낼 수 있을까?

어머니 꿀잠

어머니! 귀여운 장난감 강아지 베고
따뜻한 방에 어린아이처럼 잠자요

평소에 즐기는 재방영하는 〈가요무대〉
설운도, 현철, 송대관, 태진아 나와서
재미있게 노래해 깨워도
89세 어머니
새근새근 아가처럼 잘 자요

하늘의 아기 천사라도 내려왔는지
그 모습 참 평화롭고 사랑스러워요

하늘나라의 꽃길을 걷는지 행복에 취해
자는 모습은 영원히 지우고 싶지 않은
영원히 함께 지키고 싶은
고귀한 임의 숨결이라

그 단잠, 거칠고 지친 인생길
모두 다 지워 버리기라도 하듯,
꿈처럼 평화롭고 사랑스러워

차마 깨우지 못했어라

* 어머니 2016년 5월 27일 하늘나라 가심

2016년 1월 7일 목

미소

하늘의 별처럼 아름다운 미소
마음에 품어 두었다가

찬 바람 골목길 돌아
나그네 옷깃 스며들 때

하늘 계신 님
뜨거운 사랑 담아
빛나는 햇볕처럼
그대 미소로 반기리

아는가? 역사 속에 흐르는 걸

역사를 모르는 것들이 있다
역사의 물줄기 쌍갈래로 도도히 흐르는데
고난의 역사, 아픔의 역사를 아는가?

나사렛에서 무슨 선한 것이 나겠는가?
나사렛을 모르는 것들이 있다
역사를 다스리는 이의 소리를
들을 귀는 가지고 있는가?

생명을 모르는 것들이 있다
목숨을 구걸할 자들이
생명을 구할 자의 목을 조르고 있다

진리를 모르는 것들이 있다
정상의 자리에 있으면서도
진리가 무엇이냐 묻는다

사람을 모르는 것들이 있다
창조주의 고귀한 형상을 덧입고도
개나 돼지처럼 살아간다

개 같은 것들, 미안하다 개돼지야

오백 년 북풍한설에도 견뎌 온 조선
어찌 망하여 일본의 밥 되었는지
모르는 것들이 있다

헐벗고 추위에 떨며 곡식 밟는 사람들 위에
진수성찬에 깨질깨질
젓가락질하는 것들이 있다

사랑을 모르는 것들이 있다
그저 입술로만 사랑 타령이다
한 번 소리치지 말고 사랑을 살아 내라
사랑을 살아간 저 광야 사람처럼

당신의 길

운명처럼,
어머니라는 사랑의 십자가 지고
벗으면 가벼울 텐데

지치고 쓰러져도 내 몫에 태인 십자가
허리가 휘고 등 굽어
걸음걸이 우스꽝스러워도
한 번 하늘로부터 받은 사랑의 굴레

비바람 몰아쳐도 눈보라 휘날려도
칠흑같이 어두워 길 보이지 않아도
남은 거친 숨결 하나까지
받은 사랑 보답하려는가?

숨결 하나에도, 주름진 손마디에도
검은 머리 희어져 볼품없어도
도살장에 눈물 흘리며 걸어가는 늙은 소처럼
뚜벅뚜벅 희미한 눈으로 당신의 길을 간다
오늘도 마지막처럼

한 송이 작은 꽃

푸르디푸른 클로버
숲속에 피어난 코스모스 닮은
또 다른 얼굴 애처로워
사랑스러워 내 마음 부른다

꺼질세라
꺾일세라
날아갈세라

마음에 담아 향기 익도록
긴 겨울날도
지겨울 겨를 없어라
당신처럼…

마음에 핀 꽃

엄동설한에
눈 속에 핀 꽃
꽃 중의 꽃이요

고난과 아픔 중에
마음에 핀 꽃은
향기 중의 향기라

내 마음에 그대
이 꽃 아니리오

봄꿈

와우!
온몸 웅크리고 머리만 빼죽이 내밀어
봄날 꽃길 갈망할 때
아름답고 사랑스러운 손,
서린 창가 겨울 햇살에 반짝입니다

갈급한 마음에 생기 솟게 하는 그대,
당신의 지혜로운 마음 고운 눈빛
추운 겨울이라 봄볕같이 빛납니다

올겨울 이렇게 추울 줄이야!
깜짝 놀랐죠? 한강 얼음 깨지는 소리에
그래도 얼마나 가겠어요?
그대와 나 따뜻한 마음 모아
이 또한 지나가리라

바라보는 그 눈길에 봄 같은 기쁨
속히 올 걸 기대합니다
봄꿈 품은 그대, 북풍한설 꺾을 수 없는
이 기쁨 가득할 거예요

훈풍

연일 강추위 한강 물도 얼려 놓고
봄은 저 멀리 쫓아냈다며
으스대는 모양이라니…

얼음장 밑으로 흐르는 물방울 하나
따스한 마음 품은 어느 여인 만나면
긴 겨울도 지루함도, 엄동설한도
꽃 피는 춘삼월 아니리오

가끔 다가오는 그대의 손길
당황하면서도 훈풍이요, 춘풍이오

이내 봄날일 수 없으나 북풍한설 있어야
힘자랑하는 소한 대한 깊고 검은 땅
겨울 눈 속 피어나는 꽃
더 곱고 향기롭지 않으리오

여기 詩心 하나 실어 보내니
화답하면 어쩌리오

낙조(落照)

내 마음을 뚫어

너를 채우리

붉고 황홀하게

눈 쌓인 나뭇가지

소복이 쌓인 나뭇가지 눈
동심 깨워
동화 속 거닐게 하지 않나요?

세상의 어느 눈보라도 지울 수 없는
에덴의 꿈 동산 만들어 가는
너와 나의 손끝

여린 온기 닿는 순간
파르르 젖는 가슴

꿈 익어
푸른 강물 흐릅니다

햇살 하나

시베리아 추위
온몸을 쥐어흔드나?
남극의 뜨거운 사랑에 들뜬 햇살

봄 꿈꾸는 꽃술
입맞춤하면 내 세상이라

활개 치던 북풍한설
고개 숙여 떨지 않으리오

님 향한 내 마음 더하면
떨림은 훈훈한 봄 정
너와 내 가슴에

돌아보는 나

겨울 들녘
활활 타다 남은 인생의 낙엽
뒤안길에 뒹군다

무엇에 불 지르다
그렇게 볼품없는 낙엽 되어
낮은 풀숲에 누워 마른 숨 몰아쉬나?

봄꽃 피는 그날
너와 나 맞잡은 손
사랑이었음을 확인하고 파라
긴긴 기다림이었기에

여는 아침

밤새 찬 기운 온몸으로 막아 내느라
몸부림한 유리창 성에처럼
떨며 다정한 너의 입김

너의 따스한 마음 줄기 하나
내 마음 열어
깊은 계곡 옹달샘처럼 솟는다

길 지나는 숲속 조그만 풀잎
말끔히 세수하고
이른 새소리 더욱 청아하구나

밤새 태평양 열어 붉디붉은 태양
온 산하 아름다운 설경 빛나게 하듯

너의 사랑스러운 눈빛 하나
내 마음 어두운 그늘 몰아내
가물거리던 소망 찬란히 빛나누나

어머니 생각

집에 가스 떨어져서 어머니께서 행님이네
2만 원 점방 아짐한테 일만 원 빌렸다고 해요
그런데 큰형은 빌려준 사람에게 찾아가
돈 빌려주지 말라고 했다네요
그것이 어머니 귀에 들어가
몹시 노여워하고 계셔요
형이 제발 어머니께 잘했으면 좋겠어요

깜박깜박해서 그렇지,
알 것 느낄 것 다 느끼고 있어요
좋은지 싫은지 다 알아요
한 인간으로 대우해 주시는 것을 좋아합니다
좋고 싫은 것 다 느끼고 있어요
얼마나 사시겠어요? 잘해 드리면 좋겠어요

이번에 갔을 때도 어머니로서의 길을
변함없이 걸어가는 모습을 보았어요
쓸고, 닦고, 빨고, 치우고…
전기세, 텔레비전 세, 전화세,
수도세, 국민건강보험료 등

모두 어머니 변변찮은
노령연금에서 나가고 있어요

칠 남매 자식들 키웠지만
솔직히 잘해 드린 게 얼마나 있습니까?
참 어머니가 불쌍하고 가련합니다
늙고 병든 게, 당신 탓이겠어요?

어머니도 한 인격체로 사람답게 살고 싶은데
늙었다고, 기억력이 부족하다고
너무 무시하고 있지 않은지 돌아봅니다

집에 세숫비누도 없더라고요
어머니께 아직은 돈도 필요하고
뭐든 스스로 하실 수 있도록 도와드리고
살펴 드리면 좋겠습니다

野花今愛 1

허허벌판에
작은 꽃 한 송이

생명의 물줄기 찾아
마르지 않은

사랑의 샘으로
쉼 없이 흐르리

* 野花今愛: 野花, 저자 예명과 今愛,
어머니 윤금애(尹今愛) 이름에서 딴 것

천상의 소리

천상의 목소리 어디서 들려오나
귀 기울이면 들리려나

대지의 기운 켜켜이 넓은 발바닥으로
꾹꾹 밟아 담은 심장
휘황찬란하게 빛나는 매혹적인 옷깃
온몸 감고 돌아
가을부터 마음 뒤흔들어 놓은 그 순간

끊어지지 않은 동아줄 붙잡듯
이 기나긴 겨울 나면 하늘의 따스한 입김
잠든 소년의 푸른 꿈 꾸기까지

거친 바람, 메마른 땅의 탁한 숨결에
온몸으로 부대끼며 다녀간 님의 발자취

종일 걸어도 채워지지 않은 텅 빈,
이 가슴 엎디어, 엎디어
천상의 소리 가슴앓이로 심는다
봄 언덕에 꿈틀대는 새싹처럼
이 비 그친 후 오실 님 온다기에

발걸음 소리

당신의 목소리
봄 햇살에 물오르는 나무처럼
새 힘을 줍니다

검은 대지에 펼쳐진 겨울 안개
봄꿈 안고 내딛는 발소리에
한 걸음, 한 걸음 물러갑니다

그 고운 당신의 발자취
듣고 싶어 바람난 귀
머물 길 찾지 못합니다

바라기

삶에,
예기치 않은 일 올 때
당황하지 말고 일단 눈을 감아요

왜?
안 보면 놀라지 않으니, 살짝 눈 떠요
맘의 눈을, 그리고 하늘을 보아요

어느 순례자, 하늘 보좌 옆
서 계신 예수 본 것처럼
이제 다시 크게 호흡하고
님께서 새롭게 열어 놓은 세계를 보아요

믿음의 눈으로, 늘 그대와 함께하는 이
신세계 열어 가요

그리고 믿음의 길
함께 가는 동역자를 보아요
그 마주치는 눈동자에
낯익은 사람 있을 거예요
그게 나예요

세월

밤새 꿈꾸던 소망
안개에 젖은
아침 창문 두드린다

너의 강한 열기,
너의 강렬한 심장의 고동 소리여!

늘어진
나의 봄꿈 일으켜다오

에덴 깨우던 노래

저 드넓은 들녘 피어난
이름 없는 꽃송이

보아 주는 이 없어도 홀로 아름답고
눈길 보내는 이 없어도
절로 사랑스럽구나

에덴 깨우던 산새 낭랑한 노래
꿀 찾는 벌 나비의 날갯짓
풀숲 사이로 흐르는 이슬방울
맑은 얼굴로 숲속 호수 흘러
꿈 많은 하늘 품 담아낸다

형형색색 꽃단장한 들꽃 춤사위
벌 나비 함께 홍 돋아
꿈 동산 떠날 줄 모른다

이 땅, 어머니

마르고 거친 땅에
사랑하라고
섬기라고 태어났다

말없이
끝없이
검은 머리 파뿌리 되어
허리 휘도록

나는 여자다
여인 중에 엄마다

일어나라

일어나라, 참 좋은 아침이다
고기도 먹어 본 놈이 잘 먹는다고
넘어지는 것도 많이 넘어져 본 놈이
잘 넘어지겠지, 넘어져 봐야!

아, 넘어진다는 게 이런 거구나 하고
잘 넘어지는 방법도 알아 덜 다치고
안전하게 넘어지는 걸 알겠지

더 넘어질 게 없어
이제 일어나는 길밖에 없겠지
하도 많이 넘어져
어느 곳에 넘어져도 일어날 줄 알아
또 다른 넘어진 사람들
일으켜 세워 줄 줄 알겠지

아자! 힘내자, 우리 넘어져 봤으니
일어나는 방법도 알고
솟아나는 힘도 갖고 있겠지
다시 힘내어 하늘 높이 솟아나라
아! ~~~야호!

함께하는 사람

멀리 있기에
그리움은 더 가까이
다가오나 봅니다

우리의 눈길
사랑이라는 꼭짓점에 만날 때
우린 함께
길을 갑니다

짠 라면

점심으로 끓인
어머니의 짠맛 나는 라면 한 그릇,
전에는 안 그랬는데…

난 어머니의 지친 몸
그래도 따뜻한 그 마음 알기에
조용히 생수를 부어
허기진 배를 즐거이 채웁니다

당신의 격려는
바로 그 시원한 생수입니다

처음 맞는 아침의 노래

끝없는 밤바다 지키던 어둠
하얀 거품 문 동녘의 미소
처음 맞는 아침의 노래, 선물이겠지

하늘 향해 손 흔든 가지들,
머나먼 호수까지 끌어안아 씨름하고
젖 떼지 못한 강아지마냥
아슴푸레 밝아 오는 여명의 향연

게으른 기지개 켜는
양지바른 언덕배기
여린 새싹들 어깨 춤사위

광활한 들로, 골목길로
돌 틈 사이로 흐르는 실 같은 물줄기
요리조리 따르는 바람난 순풍

그래, 놀아 보자, 동녘의 빛 너울 쓰고
진주 이슬 머금은 귀여운 바람
산들 장단에 맞춰 우리 춤춰 보자

4장

모정의 세월

(2016년 3월~2016년 8월)

어머니의 뜰, 윤금애

한마음

삭풍에 움츠려 허리 휘고
키는 겸손을 닮는다

구름바다 너머
높은 산 속
외로이 서서

동녘에 떠오르는 태양
한마음 심어
너의 봄날 부른다

꽃송이 하나

먼동 틀 때
먼저 반기는 봄꽃 같은 그대

어제 왔던 겨울
잠시 소리치다 떠나요

웅크리던 날개 위에 내린 먼지
툴툴 털어 내고
한번 봄 마중 나서 봐요

저기 누가 와요
봄꿈 꾸는 꽃송이 하나

가슴속 행복

“따르릉~~~!” 전화다
“집이냐?” “네”
“거기 비 오냐?” “아니요”
“거기는 어때요?” “여기는 비 온다”
“내일은 전국적으로 비 온대요”

“홍강이 낼 둘째 형이랑 시골 간다고 허요,
비 오니까 조심해서 가야 하겠어요,
태복이네 집에 다녀오셨소?”
“오냐, 갔다 왔다”
“형은?” “없다” “목포 갔겠지요”

“어머니! 봐서 같이 올라오세요,
계시다가 곧 내려가셔도 돼요,
이제는 날도 따뜻해졌으니까”
“잘 있어라”
“네, 어머니도 건강하세요”

어머니, 목소리가 별 힘이 없다
봄바람이 분다

봄볕이 어머니 가슴에도
따뜻이 비췄으면 좋겠다
오늘도 어머니 계신 것이
감사하고 행복하다
목소리 들을 수 있어서 참 좋다
날마다 기적을 본다

2016년 3월 4일 금

겨우내 마르지 않는 강물

기나긴 추위를 온몸으로 견뎌 낸 사람에게
봄을 기다리는 것은 희망의 동아줄
붙잡는 것이 되겠다

봄 아지랑이가 반갑고
잠자던 개구리 깨어나고
죽은 것 같은 겨울나무에
봄소식 알리는 새싹 기지개 켜고,

새뽀얀 얼굴 내미는 모습 신기하고
마음이 들뜬 것은 그 어느 봄날,
고난과 시련 이겨 내고 하늘의 격려와
사랑을 받는 행복한 날이겠지

그렇게 긴긴밤 기다려 새벽을 맞듯
어두운 터널 빠져나오길 간절히 기다렸던,
빼앗긴 봄에서 봄의 향취를 거부했던
선인(先人)들의 갈망, 현실이 되었을 때

운동장이 넓게만 보이던 초등학교 6년,

아무 생각 없이 푸른 하늘을
뛰어다니기만 했던 중학교 3년,
교실만을 놀이터로 삼았던 고등학교 3년
그 터널을 빠져나와
이 너른 들판, 학문의 광장
선배와 교수들의
풍성한 식견과 지혜가 출렁이는
지식의 바다 앞에 선 아들아!

푸르고 푸른 땅에 너를 두고 온다
사시 푸르러 상록수, 키도 커서 바라만 보아도
희망인 상록수로 둘러싸인 사도관이라 부르는
기숙사 "인내(忍耐)"동, 참 맘에 들더라

어디를 둘러보아도 시선이 열린 대학 전경은
하늘 저 멀리 뻗더라
저 너른 운동장에서
이제 키만큼 근력을 키우고
더 높고 더 넓은 세계를 바라보면 좋겠다

돌아오는 길에 점심을 함께 먹고 싶었는데
넌 동료와 선배들과 만남이 있다 하여
우리만 해와 달의 이야기가 깃든

강가의 식당에서 맛의 향연을 즐겼다

칙칙한 겨울 땅 사이로
마르지 않는 강물이 흐르는 것을 보았다
지식의 보물 창고에 낯설지 않게 들러
책들과 눈 맞춤하렴

거기에 앞서간 수많은 인생의 높고 깊고,
넓고, 기다란 이야기(Story)를
간직한 주인공들이 있다
마음을 열고 귀를 쫑긋하고
다양하게 만나 보렴

언젠가 너의 그 빳빳하고 검은 머리칼이
하얗게 물들어 저 강물을 내려다볼 때,
너의 마음의 흐르는 강물이 넓고 깊어
수많은 사람에게 양식이 되고, 평안함이 되고,
기쁨과 열매를 안겨 주는
그런 마르지 않는 강물이 되었으면 참 좋겠다

* 대학 신입생 된 막내아들에게 아빠가
2016년 3월 5일

멍에

길을 간다
멍에 매고 간다, 한없이 간다
누런 소가 밭을 간다
드넓은 논을 간다

끝없이 굳은 땅을 뒤엎는다
침을 질질 흘리며 쟁기질한다
목이 마르다, 쉬고 싶다
워, 워!

주인의 채찍에
말도 잘 듣는 사람보다 큰 황소
거친 땅을 갈자며 "이랴!" 하면
군소리 없이 나선다
종일 서서 겨우내 언 논을 갈자 한다
깊이 갈아야 해, 이랴!

두꺼운 멍에가 목에 걸려 있다
5년이면 벗을 줄 알았는데
10년이 지나도 벗겨지지 않는다

멍에 맨 목덜미에 멍들고
털이 벗겨지고 이제 굳은살이 생겼다

자! 새봄이 되었다, 돌밭을 갊자
굳어진 논을 깊게 갊자
그래야 사람들이 농사 잘 지어
풍성하게 열매 맺어
잘 먹고 잘 살 것이 아니냐

한 번도 발 뻗고 눕지도 못했다
목마를 때, 잠시 쉬며 목을 축이지도 못했다
아파도 힘들어도 쟁기질해야 한다
주인이 벗겨 주기 전에는
멍에 벗을 수가 없다

노예 멍에 쓴 요셉, 하나님 하신 일
사랑으로 고백하기까지 갔다

나사렛예수, 창조주로 사람의 몸,
종의 몸, 죄인의 멍에 쓰고
십자가에서 그 멍에 부활로 벗었다

멍에 벗는 날 길어질지라도

은혜 되고 주인의 영광이 된다면
멍에 매고 가리라

모정의 세월, 둘

어머니께서 어제 주일날 오셨단다
감사하다, 토요일 전화 드렸을 때는
거의 힘이 없었다, 그땐 마음이 아려 왔다
도무지 음식이 먹고 싶지 않다는 것이다
"그래도 뭘 좀 드세요,
약 드신다 생각하고 잡수세요,
그래야 조금이라도 힘이 나요"

그러던 어머니를
어제 남동생과 둘째 형이 모시고 왔다
서울 둘째 형 집에 계시면서
집에 아무도 없다며 심심하다고 전화하셨다
그런데 목소리가 힘이 있다
감동이다, 기쁘다, 주께서 힘을 주셨다
새 힘 달라고 기도했었는데…

벌써 집에 가고 싶단다
"그렇게 고향이 그리워요?
엊그제 오셨는데 벌써 가고 싶으면 어떡해요
편히 계세요, 제가 또 올라가 뵐게요"

"오늘 올래?" 하신다
"네, 시간 만들어 언제든 갈게요"

둘째 형께 문자 넣었다
"텔레비전 한 대 사세요, 어머니 온종일
혼자 계시면 얼마나 심심하겠어요?
요즘 중소기업 것, 싸고 좋은 것 많아요,
이십만 원 안 줘도 좋은 것 많아요,
힘내세요" 하고 회사로 문자 보냈다

대학생 두 아들에게도 문자 보냈다
"할머니 서울 오셨는데 전화 한번 드려라,
너희들 얼마나 사랑하고 아끼는 줄 아느냐?
잠깐이면 돼"
안산에서 그리 멀지 않은 곳에 계셔서 좋다
건강한 목소리 들으니
가을 들녘에 풍년 농사 바라보는 것처럼
맘이 흡족하고 행복하다

"어머니!
건강하고 주님 은혜를 누리세요,
사랑합니다"

2016년 3월 7일 월

핑계

핑계 없는 무덤이 없다
무슨 일이나 핑곗거리를 찾으면
다 있다는 말을 두고 하는 말이겠다
낙원을 추구하는 인간에게
파라다이스를 선물로 하나님은 주셨다
다함없는 행복을 누렸을까?

아담은 아내와 함께 낙원에서 쫓겨나
고통의 가시밭길을 가야만 했다
할 말은 있다, 무슨 말인들 못 하랴
당신이 내게 뼈 중의 뼈요, 살 중의 살이요,
꽃 중의 꽃인 여자와 살게 했으나
그녀가 나를 유혹하여
선악과를 먹었노라고 변명했다

핑계를 대면 뭘 하랴? 이미 낙원을 잃고
가시와 엉겅퀴 아담의 허리 휘게 하고
도둑처럼 찾아온 시기와 미움은
사람의 아들들에게
싹이 나고 열매 맺고 있으니

나사렛 한 청년을 향해
광야의 외치는 자의 소리
보라! 세상 죄를 지고 가는
하나님의 어린양이로다
높아진 산을 낮추고
거친 돌을 마음에서 제거하여
주의 길을 예비하라 한다

종교 지도자들과 백성들은 한 죽일 자를 찾아
십자가에 못 박기를 청한다
자신들의 거짓과 더러운 탐욕을 감추기 위해
사람들은 조롱한다
그는 징벌을 받아
하나님에게 매 맞으며 고난당한다
그가 찔림은 우리의 허물을 인함이요
그가 상함은 우리의 죄악을 인함이거늘

아직도 핑곗거리를 찾는가?
나를 따르려거든 자기를 부인하고
자기 십자가를 지고 나를 좇을 것이니라

십자가는 형벌이요, 저주받은 증거라
십자가는 사랑과 희생의 결정체라

임의 십자가 질 수 있나?

십자가 외에 아직도 자랑할 것이 있는가

열린 가슴으로

밤새 촉촉이 익은 조용한 아침
아침 이슬처럼 폐부 깊숙한 곳까지 들어와
한 번도 맛보지 못한
신비로운 무대로 다가옵니다

쌀쌀한 공기 방울 하나하나 쌤통 부리나?
봄 동산 이루는 님의 부름 가로막지 못합니다

새벽을 막고 기도했던 경건한 마음으로
처음 맞는 역사 무대에
한 발걸음, 내어놓습니다

그대의 눈 어디를 향하고 있나요?
그대의 마음 누구를 품고 있나요?
길을 가는 나그네 손 하나 내밀어요
파란 하늘 바라다본 길손
함께 눈 맞춤하길 원해요

갑니다, 길 갑니다
저 하늘의 사랑과 광야의 진리
입맞춤할 때까지…

발걸음

발걸음 하나 도장 하나
내 이름 찍힌 발자국

황톳길 걸음 하나
찍힌 내 마음

도심 속 빌딩 숲
수많은 얼굴 속
찍힌 내 눈길 하나

갓 태어나 걸음마 배울 때
찍어 놓은 발걸음 하나

광야에 걸어 놓은 순례의 발걸음
내려놓은 내 이름 하나 거둘 때
새겨 있는 내 이름 하나

그 빛깔 보고 싶다
나만의 빛깔로

다시 울렁이는 사랑

만물 소생하여 힘차게, 싱그럽게
고운 목소리로, 님의 세계
아름다운 손길 노래해요

우아한 자태로, 부드러운 손길로
맑고 고운 음색으로
동녘 떠오르는 처음 바라본 그 눈빛으로
춤추며 꽃향기 입에 물고 다가옵니다

사랑의 너울 울렁거려
내 가슴에도 파동입니다
깊은 골짜기 건너 계곡 따라
타다 남은 사랑의 소리 아직 흘러내려요

차가운 눈보라 등에 두고,
죽은 듯 고요한 암흑 골짜기 빠져나와
찬란히 빛나는 님의 얼굴 바라보며
다시 살아난 님의 사랑 노래해요

기어이 두꺼운 껍질 깨트리고

빠끔히 빠져나온 온 천지
새 얼굴 내밀어 겨우내 품어 두었던
님 그리던 그 마음으로 찬미해요

온 산과 들, 꽃동네 노니는 꽃들
아름다운 향기 다 모아
가슴 벅차올라 님 사랑 노래해요

아! 다시 꽃피는 소망
아! 다시 울렁이는 사랑
님 사랑

땅 위에

보내지 않아도 겨울 지나고
맞이할 준비되어 있지 않아도
봄은 여명과 함께 찾아듭니다

가만히 있으려 하나 꽃은 흔들리고
잠잠하여도 비난의 소리 멈추지 않고
머물려 하여도 그냥 두지 않고
사랑하려 해도 모욕의 가시관 씌웁니다

온 힘 다해 버티려 하여도 몸과 마음 흔들려
빨간 꽃잎 하나 남겨 두어 희망 붙들려 하나,
흔들리는 갈대의 떨림에 지고 맙니다

밤하늘 초롱초롱 별빛 기대했으나
비바람 천둥 멈추지 않고
청명한 가을 하늘에 고개 들어
영광의 땅, 서 있으려 했으나
벌겋게 익은 내 얼굴
거친 땅에 떨어지고 맙니다

하늘 향해 다시 눈을 들고 땅 바라봅니다
하늘 한 걸음 내려와 땅에 새싹 틔웁니다

파란 새싹!
기적입니다, 희망입니다

봄 향취 그윽한 선물

고향 집 텃밭에도 떠났던 봄 향기가 돌아왔다

"텃밭 상추랑 고춧가루, 김치랑 보낸다,
사거리 장에 가서 깨 사서 볶았시야,
택배로 보내니 낼 받아라,
택배비 줬는지 모르겠다"
"걱정하지 마세요, 안 줬으면 제가 주면 되죠"

봄 향 바람 타고
아들 사는 안산까지 올라왔다
택배를 받고 보니 김치뿐만 아니라
박하사탕도 두 봉지, 약과 한 봉지도 있다
볶은 깨 냄새가 진동한다

텃밭에서 오전 내내 쪼그리고 앉아
상추를 솎아내고 깻잎을 따서
한 봉지 가득 담아
보낸 어머니의 모습이 눈에 선하다
너무나 감사하고 감동되어 고향 집으로
전화하니 두 번이나 받지 않는다

동네 마실 갔나 싶어
태복이 엄마 집에 전화해도 안 계신단다
어디 가셨을까?

오후 늦게야 전화가 왔다
팔십구 세의 어머니 목소리다
"택배 잘 받았어요, 전화하니 안 받던데요?"
"텃밭 매고 있었다"
"고생하셨어요, 잘 먹을게요"
"언제 내려올래?"
"네, 시간 만들어 내려갈게요"

말은 하고 당장 내려갈 수 없는
자신이 안타깝다
그 흔한 천 리 길, 마음은 하룻길인데…
고향에 어머니 계시니 행복하다
건강한 어머니 목소리 들으니 기적이다
얼마나 감사한지 모른다
마음에 살아 있을 뿐 아니라
내가 그리워하는 곳에 계시다니
얼마나 놀라운 일인가!

어머니 고향 집에 외로이 계시나,

자식들 사랑에 그리워하지만 그런데도 좋다
당장 뛰어가지 못하는 애틋한 이 마음
생각하는 것만으로도 좋다
그리워할 수 있는 것만으로도 행복하다

난, 오늘도 생기 넘치는 봄나들이 보았다
풋풋한 상춧잎에 묻어 있는
어머니의 귀한 사랑의 노래를 듣는다
생기 넘치는 기적인 어머니
봄바람 불어오는 사랑의 향취로다

2016년 3월 23일 수

다짐

고난의 땅에
서 있다

사랑의 옷을 입고
진리로 허리띠
두르고 있기에…

오늘이
최후라 할지라도

함께 기뻐할 부활 예수

우리가 전한 것 누가 믿었느뇨?
창조주의 손 뉘게 나타났느뇨?
그는 자라나기를 연한 순 같아
밟히면 죽을 듯 짓밟히고

그는 메마른 땅에서 나온 가냘픈 줄기 같아서
고운 모양도 없고 풍채도 볼품없어
마치 버림받은 자 같아라

사람들은 그가 조롱받을 때
자기의 죄 때문이라며 질시하였도다
그가 찔리고 상하여도
우리는 내 몸에 상한 흔적 없으면
살며시 안심의 숨을 내뱉는다

그가 찔림은 우리 허물 때문이요
그가 상함은 우리의 죄악을 인함이라
그가 징계를 받음으로 우리가 평화를 누리고
그가 채찍을 맞음으로
우리가 나음을 입었도다

숨죽이고 있던 무덤 문 열린다
로마 병정의 굳게 지키던 그 방비도
자신들의 불의를 감추기 위해
십자가의 형벌에 나사렛 청년을 내어 준
그 간악한 음모도
새벽 기다리던 부활 예수 막지 못했네

우리 함께 마음을 찢고 회개하여 부활 예수,
영광의 그리스도 찬양하세
할렐루야!
우리 예수 부활 승천하셨네

하늘이여! 땅이여! 노래하라!

검디검은 밤바다 건너
넘실대는 거친 파도 헤치고
뛰어나온 저 붉은 태양보다
더 붉은 여인의 입술 같은 동백꽃이여!

인고(忍苦)의 세월, 온몸으로 이겨 내고
승리의 소식 온 땅에 알리어
마지막 땅에 떨어져
남은 숨소리 하나에
불처럼 타오르는 동백 꽃잎이여!

겨우내 찬 서리 눈보라 몰아치는 바람에
한 번도 마음 놓을 수 없어
가느다란 허리로 칠흑 같은 절망 이겨 내고
마침내 언덕배기 굳게 서서
고매하게 피워 낸 황매화꽃이여!
그 향기 고혹(蠱惑)하여
천지의 선량들 흠모하는 노래 자자하구나

나그네조차 눈길 한 번 보내지 않던

그 자리에
산허리 감고 돌아 남은 기나긴 시냇가에
허물어지듯 우뚝 뿌리 깊이 내려
어느 봄날
꽃반지 가득 끼고 뛰어나갈 기다림으로

오늘에야 온 팔 하늘 높이 쳐들고
여름밤 별빛처럼 영롱한 빛을 쏟아 내는
거칠고 거친 골짜기 속
봄 향기 쏟아 내는 산수유의 춤사위여!
봄 아낙네 마음도 함께 춤추누나

뒷동산에 배고파 허리 동인
가난한 아이들의 주린 배 깨우도록
봄 잔치 너그러이 초대한 두견새 노래로
피어난 진달래 옷자락이여!

코흘리개 어린이 손등에도 이른 봄
나무꾼 지게에 가득한 나뭇짐 허리춤에도
방긋 웃는 아기 진달래의 밝은 웃음소리여!

골목길 따라 너울대는 울타리마다
쌍쌍이 금자 동아! 은자 동아!

함께 놀아 주던 겨울 이겨 내고
시들지 않은 덩굴
금은화(金銀花) 인동(忍冬)초여!

흰 눈 아래 하나같이 숨죽여 버린 그 겨울에
올곧이 이겨 내 님 오신 그날에 나팔 불어
만세 부르던 날개를 펼친
해오라기 같은 노사등(鷺鷥藤)이여!
골목대장 개구쟁이들
마구잡이로 빨아 대는 장난에
어찌 단꿀로 응대하느냐??

불어라 봄바람이여!
타거라 꽃잎들의 부대낌이여!
온 산과 들에 터져 나오는
꽃님들의 환희의 노래를 들어 보라

푸른 날개를 펴기 전
생명 소생하는 그 기쁨,
그 감격 전하기 위해 터질 듯
저 벚꽃들의 억만 가지 웃음소리에 화답하라

아름다운 꽃님들의 마음으로

꽃 동자 같은 우리를 사랑하여
죽음같이 붉은 사랑으로 이겨 낸 부활 예수여!
온 땅, 온 하늘 아래, 별빛 같은 꽃들의 노래
모래알 같은 새싹들의 찬미 받으소서

* 노사등: 인동초의 다른 이름

친구인 것은?

호수가 맑을 수 있는 건
저 하늘 푸른 물결 온 가슴으로 짜내어
기쁜 듯 슬픈 듯 촉촉이 담아내기 때문이요

울창한 숲길 가는 나그네에게
친구 되어 줄 수 있는 건
넉넉한 가슴으로 젖은 품
아낌없이 내어 주었음이리라

길가의 꽃 저리도 아름다운 건
아무도 돌보아 주는 이 없어도
홀로 미소 지으며 향기 품은 자태 때문이요

숲 너와 나의 친구일 수 있는 건
호수 넘나드는 물결 마르지 않고
청아한 소리로 꾀꼬리 노래할 때
하늘의 사랑과 땅의 평화 입맞춤 때문이리라

그리운 친구여!
네가 호수라면

난, 마르지 않는 시내가 되고
네가 옥토에 피어난 꽃이라면
난, 하늘의 평화 머금은
꿀 찾는 벌 나비 되리라

아름다운 친구여!
네가 미소 머금은 호수 위의 연꽃이라면
난, 바람 불어도
사라지지 않는 향기 되리라

봄 향(香)

조용히 다가오는 여명의 발자국
자신의 커다란 얼굴 때문에

태양의 밝은 빛과 마주할 수 없어
가만히 서산으로 밀려가고 맙니다

떠나간 빈자리 살펴보니
밤새 떨고 있던 이슬방울
봄꽃 향기에 부끄러워
떼구르르 고개를 떨어뜨립니다

그대는 아침 이슬에 영롱히 빛나는
봄 향기 너울입니다

봄 오는 설렘
눈을 감아도 가슴 뛰는
예쁜 미소입니다

그대였나요?

그대였나요?
꽃으로 감출 수 없는 기쁨의 순간
화답한 사람이

차마 말로 다 표현할 수 없어
꽃 향에 마음 실어
보낸 사람이

찬란히 피어난 황매화꽃 보내
기나긴 눈보라 이겨 낸 길
헛되지 않다고 격려한 사람이

봄날 꽃길 만들어 놓고
함께 사랑의 길 가자는 사람이
역시 그대였군요

꽃은 져도 함께 사랑으로 열매 맺자고
손잡아 주는 그대가 있어
은혜의 강가 행복에 겨워
이 봄 다 가도록 노래합니다

벚꽃

천사의 춤사위처럼
벚꽃 만발하여
춘심(春心)을 깨우는데

하얀 너울 울레줄레 흐르고
고운 선율 날려
눈길 사로잡는가 하더니

마음속에 아쉬움만 남기고
바람처럼 떠나려 하니

어느 꽃 속에 고운 자태 감춰 두고
저린 가슴 달래려 하는가

지지 않는 꽃길이었으면

반가워요, 미소 천사
보고 싶어요
예쁜 얼굴 닮은 그 마음

그대와 나 마음으로 붙잡은 손
꿈같은 봄 다하기 전
지지 않는 꽃길이었으면 합니다

하늘과 땅
꿈과 사랑 담은
그대와 나의 아름다운 꽃들
앞다투어 춤추듯 다가옵니다

당신의 예쁜 미소에
나의 웃음꽃 살짝 포개 봅니다

그리운 어머니

오 월 팔 일, 어버이날이 오면
어머니가 그립다, 언제나 다정한 전화 목소리
내가 하지 않아도 먼저 전화 돌리는 그 손길
그 가슴 설레는 목소리
이 넓은 지구촌에서 내게 전화하는
사랑 듬뿍 담은 그 목소리
어머니의 다정한 얼굴 아닌가?

요즘에는 전화벨 소리가 뜸하다,
전화가 그리워진다,
언제 전화 와도 귀찮지 않은데,
요즘엔 어머니 전화벨이 울리지 않는다

2016년 사 월 육 일
태복 어머니 집에 마실 다녀오시다 넘어져
넓적다리 관절뼈 깨어져
무안제일병원에 입원해 있기 때문이다
아니다, 병원에 계실 때 수술받은 후
마취에서 깨어난 후에는 자주 전화 주셨다

그날도 그러니까
사 월 십구 일 저녁에 어머니 전화 받았다
누가 병원에 올 때 손톱깎이
가져오라고 하셨다
네, 알겠습니다, 제가 병원 갈 사람에게
손톱깎이 가져가라고 연락해 놓을게요

어머니 목소리는 맑고 고왔다
힘이 있고 평안하기까지 했다
그런데 밤 9시 넘어
급한 전화가 병원으로부터 왔다
환자가 화장실에서 일 보고 나온 후
뇌졸중 증세를 보여
지금 응급처치해 둔 상황이니
보호자가 빨리 병원으로 오라고 했다

아차! 싶었다
이번 주라도 퇴원시켜 드리려고 했는데…
수술 잘되어 걷는 것도 큰 지장이 없었는데…
응급실에 계신 어머니와 통화했는데,
목소리가 어눌하다,
아들의 목소리도 제대로 듣지 못한다
정신도 맑지 못하다, 큰형님께 연락해서

응급으로 목포한국병원으로 옮겼다
급히 뇌혈관 수술해야 했다
다행히 막힌 곳 수술하고
중환자실에 계신단다

넓적다리 관절 수술 후에는 가 봤지만
이번에는 아직 가 보지도 못하고
의사와 간병인에게만 맡겨 둔 상태다
다시 온전히 깨어나길 빌었다,
혀가 온전히 풀리고
정신이 맑게 돌아오길 기도했다

넓적다리 관절 수술한 부분도 잘 회복되어
걷기도 하며 고향 집에 돌아와 텃밭도 가꾸고
상추 많이 자랐으니
뜯어 가면 좋겠다는 성화를
다시 들을 수 있으면 정말 좋겠다

어머니! 힘내세요,
다시 일어설 수 있을 거예요
다시 맑고 다정한 목소리로
얘기할 수 있을 거예요
어머니! 사랑합니다, 어서 힘을 내 일어서세요

함께 기도하는 성도들이 많아요

오늘 당장이라도 달려가고 싶지만
게을러서 못 가고 그저 바라만 보고 있다
오늘도 그립다
귀찮을 정도로 전화하시는,
전화 통해 울려오는
어머니의 목소리가 그립다
가슴 깊이 저며 오는
어머니의 다정한 사랑의 목소리가 그립다

2016년 4월 27일 수

앎

태곳적부터 자리하고 금방 나온 것처럼
시치미 떼는 산과 온갖 잡초
마구잡이로 뛰노는 들짐승들 품에 안고
함께 뒹구는 들판에서

길들지 않은 푸르디푸른 하늘과 밟히고
또 밟혀 꿈틀거리며 자정(自淨)하는 땅에서
처음 세상에 나온 신비한 꽃과
처음 발을 떼어 하늘을 춤추는 나비에서

매일 새로 만나는 사랑의 아픔과
뽑고 또 뽑아도 뽑히지 않는
미움의 초조함에서
끝나지 않은 고달픈 전쟁과
잘 다듬어지지 않은 찰랑대는 평화에서

생명의 환희와
고단한 슬픔을 씹어 대는 시장과
생명을 살아 놓고 죽어서야,
한마디 남기고 간 외로운 서재에서

배우리, 고개 숙여 님 사랑, 사랑하기를
살아가리라, 벌레처럼 꿈틀거리며
상한 생명 사랑하기까지

당신은 어디 있나요?

당신은 어디 있나요?
왜 잘 보이지 않는 곳에
있는 거지요?

지금 보이는 얼굴이 당신 맞나요?
다정한 그 목소리
진실로 변하지 않는 당신인가요?

보이지 않는 얼굴
상상으로만 마음에 그리면
진정한 당신을 만날 수 있나요?

저 멀리서 들려오는 그 음성만으로
마음에 색칠해
진정 당신을 그릴 수 있을까요?

그리워하면 그 언젠가 당신을
만날 수 있나요?
진정 사랑을 살아가다 보면
영원히 변하지 않는 참사랑,

당신을 마주 보며 사랑할 수 있을까요?

난, 아직 사랑에 목말라 있어요
난, 아직 사랑을 배우느라
허덕이고 있어요

사랑을 살아가면 그날에 사랑을 만나
배반, 후회, 변질, 진한 아쉬움 없이
사랑으로 영원을 기약할 수 있을까요?

당신은 어디 있나요?
지금 내 마음속을 울리는
이 감동 진정한 사랑의 울림인가요?

큰아들 생일 축하 문자 편지 받고

그래, 고맙다
아빠는 모든 날이 생일 아니냐?
매일 하나님의 큰 은혜로
받은 선물의 날, 사랑의 날이지

심령에 목마름 가지고
진리와 생명을 갈망하고
사랑을 살아가기를 배우는
처음의 날이기도 하지
어떤 하루 없어도 되는 것처럼
그냥 떠내려 보낼 수는 없지
언제나 마음의 허리 단단히 매는 걸
잊지 않으려 한다, 사랑과 진리로 말이다

날 차기도 하고 습하다
건강관리 소홀히 말아라
모든 게 그렇지만, 건강도 하루아침에 안 되지
학문에, 인격에 진한 향기,
맑고 싱싱한 생명을 머금은 사랑의 물줄기
흐르기까지 정진해야 하겠지

항상 응원하고 있으니 힘내어라
너만의 Story 만들어 내는
즐거움과 사랑 곁들어진 이야기이면
더욱 좋겠지
할머니가 건강하셨으면,
분명 먼저 전화하셔서 안부 묻고,
고깃국이라도 끓여 먹었는지 물었을 거다
생일이면
나를 낳아 사랑과 희생으로 길러 주신
어머니께 그 은혜를
보답하는 날이어야 하는데…
병중에 계신 어머니께
너무나 죄송하고 송구스럽구나

“어머니! 힘내세요” “사랑하고 감사합니다”
라고 마음으로부터 전하고 싶다
오늘 저녁에 목포한국병원에 계신
어머니와 통화 시도 했으나
어제보다 상태가 더 안 좋고
주무시고 계시다고 하여
그만두고 편히 주무시도록 했다

어머니는 4일 퇴원해서

무안제일병원으로 모신다고 하더라
계속 주님의 긍휼과 자비를 위해 기도하자
편히 쉬어라

* 언제나 자랑스러운 아들 응원하는 아빠
2016년 5월 3일 화

어머니

어머니입니다
사랑하는 어머니입니다
비록 상하고 깨어져 있으나
여전히 사랑하고 정겨운 어머니입니다

"반갑다 어서 오너라" 얘기는 못 해도
눈으로, 온몸으로 못난 자식들을
사랑의 너른 품으로
품어 주시는 어머니입니다
우리가 "어머니!" 하고 불러도
대답 못 하는 어머니지만
작은 몸짓 하나로도 당신의 마음 답하시는
우리의 자랑스러운 어머니입니다

아무리 너른 마당이라도
쓸쓸하고 적막한 우리 시골집
주인의 손길 잃은 상추 비록 멋은 없으나
맛있게 자라 있고 맛 좋은 쌉싸름한 쑥갓
예쁜 꽃을 피워 놓고 방긋 웃으며
어머니 대신 반기기라도 하듯 웃고 있습니다

"이것이 어머니다, 이것이 어머니야!"
상추를 다듬는데 자꾸만 가슴이 먹먹해집니다
어머니 안 계시니,
너무나 쓸쓸하고 적막합니다
온 지구가 텅 빈 것만 같습니다,
아무리 봄꽃 피어 유혹해도
눈길 하나 가지 않습니다

어머니 안 계시는 꽃동산은
열매 떨어진 황량한 가을 나무와 같습니다
어머니만 우리 곁에 계신다면
눈보라 치는 한겨울이라도
언제나 꽃 피어 향기 나는
봄 동산일 것입니다

가슴 깊이 어리석은 기도를
하늘의 하나님께 기도해 봅니다
어머니 생환을 보게 해 달라고
이 가슴이 저미어,
봄꽃 사라지기 전에 어서 속히 기쁜 얼굴로
대면할 수 있는 그날, 달라고 기도해 봅니다
기도에 응답이 없어도 계속 기도할 것입니다

어머니! 힘내세요, 지치고 상한 어머니!
불쌍한 우리 어머니! 사랑합니다
언제 찾아가도
끝없는 사랑으로 반겨 주시는 어머니!
전화 때마다 "잘 지내라~~" 하고
정겹게 말씀하신 어머니,
지금 너무나 그 목소리 정겹고
미치도록 그립습니다

못난 자식, 불효한 자식이
사랑합니다, 어머니!
사랑합니다, 나의 어머니!
고맙습니다, 우리 어머니!
이렇게 우리 칠 남매 잘 길러 주셔서

어머니! 힘내요, 다시 일어서세요
늘 옆에 함께 해 드리지 못해 죄송합니다
우리 병들면 밤새워서라도 지키고
무슨 약이라도 구하고 뜯고 하여
달여 주셨을 텐데…

당신이 병들어 신음하고 누울 때
곁에서 함께하고 지켜 드리지 못해

죄송하고 송구합니다, 어머니! 힘내세요
한 번 더 사랑스러운 얼굴 보여 주세요

* 2016년 4월 19일 어머니
뇌졸중으로 쓰러져
일어나기도 걷기도 말하지도 못하는 상태
2016년 5월 6일 금

그러면 안 되는 어머니

어머니!
우리 어머니입니다
어머니는 한없이 희생해도 된다고요?
그러면 안 되는 어머니입니다

어머니는 홀로되어 수십 년 커다란 시골집에
외로이 계셔도 된다고요?
그러면 안 되는 어머니입니다
어머니는 언제나 우리 곁에 계셔서
끝없는 사랑을 주실 것이라고요?
그러면 안 되는 어머니입니다

언제 찾아가도 정든 고향 집 든든히 지키며
우리를 기다리고 계신다고요?
그러면 안 되는 어머니입니다
한없이 그립고 그리운 우리 어머니입니다
그 정다운 목소리 다시 듣고 싶고
그 정겨운 모습 다시 보고 싶습니다

하루에도 몇 번이고 어머니의 그 음성

귀에 들려와 미칠 것만 같습니다
함께 길을 걷고
함께 올 봄꽃 구경하고 싶었습니다
반찬은 없어도 함께 밥을 먹을 수 있던 때
무한한 행복의 순간이었습니다

그리운 어머니!
홀로 두고 떠나와서 너무나 죄송하고
"옆에 있어라! 옆에 있어라!"
병상에서 마지막 소원처럼 말씀하신
어머니의 그 마음 헤아려 드리지 못하고
그냥 떠나와서 너무나 송구합니다

어머니!
마지막 힘을 내어 기운 소생하길 빌어 봅니다
어머니!
마지막 힘을 내어 사랑하는 아들딸들을
그 사랑의 눈으로 불러 보아 주세요

어머니! 끝까지 지켜 드리지 못해 죄송합니다
끝까지 마음 편하게
해 드리지 못해 죄송합니다

어머니! 그 큰 사랑으로

어린 우리 잘 길러 주시니 진정 감사합니다

그 큰 은혜 진심으로 감사합니다

어머니! 못난 자식이 온 마음으로 사랑합니다

2016년 5월 10일 화

사랑을 살리라

사랑을 살자
사랑을 배우며 사랑을 살자
사랑엔 거짓이 없나니 자신에게 진실한 사랑
그대에게 변치 않는 사랑 이뤄 가리니

배우리라, 사랑을 배우리라
사람과 사람 사이에 이룰 사랑을 배우리라
깨어지고 상하기 쉬운 사랑이기에
매일 엎드려 하늘의 하나님께 기도하며
진실과 정성을 담으리라

사랑한다고 하지만,
내겐 사랑의 그릇이 좁으니
참사랑, 완전한 사랑,
영원한 사랑 배우리라

매 순간순간 사랑으로 엮어 갈
생명의 물줄기인 줄 고백하고
다시 피어날 사랑이기에 사랑을 심으리라

다시 후회 없도록 고운 손 모아
새싹 기르듯 사랑을 심으리라
고난 중에도 옥토로 다져진
그 마음 밭에 사랑을 심으리라

동해에 떠오르는 동녘의 햇살 따라
깊은 골 청정 호수에 흐르는
숲의 맑은 숨결 따라 사랑을 살리라

아름다운 가정

고요한 아침
당신이 내밀어 주는 소망의 손으로
사랑을 엮어 갈 하루가 열립니다

아름다운 가정을 위해
땀과 눈물 흘린 그 물방울
이슬비 되어
내 마음을 촉촉이 적셔 줍니다

이렇게 사랑으로 눈을 맞춘 이에게
오월은 가정의 울타리 만들어 놓고
함께 맞잡은 가슴마다
사랑과 행복의 꿀방울 떨어뜨려 놓습니다

님이여!
그대의 삶에 이런 기쁨, 사랑,
행복 꽃 피어나길 기원합니다

어머니가 보이면

어머니의 모습 보이면
어머니의 사랑을
깨달은 것이라는데

어머니 살아 계실 때
어머니 보이면 좋겠다

창옥아!
사람 속에 사람 있다
나는 어머니의 눈물을 먹고 자랐다

그의 어머니는 내 어머니이다
이제, 어머니 보이는데
어머니가 안 보인다

* KBS2 〈여유만만〉 김창옥 교수 강의 듣고
2016년 5월 10일 화

향기 나는 하루

사랑하는 친구여!
계절의 여왕 오월의 무대에
초대받은 걸 축하해요

그대가 사랑으로 이 무대를 가르고
고운 정성 담아 춤을 출 때
우주에 빛나는 드라마가 될 거예요

나, 여기에 하나 보탤게요
그대 가슴에 향기 묻어나도록 내 마음 보내오
그건 오월의 꽃, 나그네의 꽃,
친절한 미소 잃지 않는 꽃

그 향기 골짜기 넘고 넘어
너와 내 가슴에 추억으로 향기로운 꽃,
바로 여기, 오월 가득 그 이름 아카시아
청순한 봄바람에 실어 보내오

그 꽃, 어제 막 따 온 것이라
아직 시들기에는 이른 꽃이오

그 고운 향기, 그대 사랑의 마음
시들지 않는 한 사라지지 않는 향 될 것이오

포기각서

이런 현실은 받아들이기는 싫지만
언젠가는 모두 가야 할 길이기에 오실 때
사랑과 축복 속에 오셨듯이
이 땅을 떠나
주님의 부르심을 받아 가실 때도
그러해야 한다고 봅니다

생명은 하나님의 손에 있지요
마지막 가시는 그날까지
한 인간으로 존엄하게
한 가정, 많은 자녀를 둔 어머니로서
최소한 사랑과 존경받아야 한다고 생각합니다

안타깝고 괴로운 일이 많으나
어머님만 하겠습니까?
어머님이 외로워할 때 함께 해 드리지 못하고,
아프고 괴로울 때 조금도 덜어 드리지 못하고,
어머님께 아무런 도움과
힘이 되어 드리지 못해
너무 죄송하고 송구할 뿐입니다

마지막 한 호흡할 때까지
평소에 하지 못한 것
조금이라도 더 잘해 드렸으면 좋겠습니다
주께서 어머님과 우리 모든 형제를
불쌍히 여기고 긍휼히 여기시길
기도할 뿐입니다

2016년 5월 13일 금

나눠야 할 추억 남아 있는데

아름다운 봄날
이렇게 흘러가나 봅니다
꿈같은 봄날 내 곁에 계속 머물기를 바라나,
어느 날 갑자기 떠나고 저 멀리 있듯이
정 많고, 사랑 많은 우리 어머니
서서히 우리 곁에서 멀어져만 갑니다

더 머물게 하려는 마음이 욕심일까요?
자녀 손들이 주 안에서 잘되고
형통한 것을 보여 드리고 싶었는데,
지금은 그런 기대가 자꾸만
기도 속으로 들어가기만 합니다

주님의 영광을 보고 싶은데
더 기도만 하게 하고
이제 주의 뜻에 안타까운 마음 맡겨야 할 때
가까이 오는 듯합니다
난, 아직 포기하지 않았는데
난 아직 어머니와 나눌 추억이,
만들어 갈 이야기가 많이 남아 있는데

어머니는 저 천국을 더 그리워하나 봅니다

어제는 마음이 참 무거웠습니다
어느 보호자가 어머니에 대해
치료 포기각서에 서명했다고
병원 간호사를 통해 들었습니다

그래도 이것은 아닌데 하는 생각이 드는 건
어인 일일까요?
우린 더 따뜻한 마음과
더 사랑하는 마음 모아
못다 한 사랑 남기려
남은 숨 몰아쉬는 어머니에 대해
못난 자식들의 남은 섬김과 돌봄을
쏟아야 하지 않을까요?

봄날 우리가 기쁨으로 맞이하나,
봄꽃 우리에게 이야깃거리
하나씩 만들어 놓고
보내지 않아도 썰물처럼 밀어내며 떠나갑니다

아직 할 얘기 남아 있고,
아직 보여 드릴 게 더 있는데

아직 주름진 얼굴에 웃음꽃 피울
봄날이 남아 있는데…
이제는 미련을 거둔 걸까요?
어머니!
어이, 거친 숨을 몰아쉽니까?

2016년 5월 14일 토

향기 나게 하라

이 땅에
너의 말 향기 나게 하라
너의 손길 향기 나게 하라
너의 몸짓 향기 나게 하라
너의 발자취 향기 나게 하라

해 아래
너의 눈길 향기 나게 하라
너의 생각 향기 나게 하라
너의 열정 향기 나게 하라
너의 마음과 묵상 향기 나게 하라

하늘 아래
너의 소원 향기 나게 하라
너의 사랑 향기 나게 하라
너의 인격 향기 나게 하여
하늘의 기쁨 되게 하라

집에 와 보니

감사합니다, 집에 와 보니 반기는 이 없고
마당에 풀만 무성하네요
큰형은 답답하여 친구들 만나러 갔대요
이따 들어올 거랍니다

주인 잃은 어머니의 성경책이
마냥 기다리다 곰팡이가 슬었네요
큰형이 둘째 형 전화 기다리더군요

너무 적막한 집에
저녁거리 챙겨 먹으려 뒤적이고 있어요
어머니 계시면 얼마나 반기셨을까요?
우린 여기서 자고 내일 올라갑니다

우리 애들도 할머니 돌아가시기 전에
얼굴 뵈고 목소리라도
들려 드리기 위해 왔어요
애들이 고맙지요

어머니께서 보시면 참 좋아하셨을 텐데…

아마 반가워하고 즐거워하셨을 거예요
모두 평안한 밤 되세요

2016년 5월 22일 주일

따뜻이 맞이하던 그 손은

사랑하는 어머니께 잘 다녀왔습니다
고향 병원에 희미한 의식만 있는 어머니는
집에 돌아오지 못했습니다

고향 집에도 들러 일박하며
주인 잃은 곰팡이 나는 성경책도
매만져 보았습니다
마당 가 풀도 많이 자랐고,
쑥갓은 노란 꽃을 피워 놓고
오월의 맑은 하늘을 수놓고 있습니다

저녁은 우리가 가지고 간 음식과
큰형 끓여 먹고 남은 것에 쌀밥 지어
맛있게 먹었습니다
하얀 쌀은 윤기 있어,
입맛 더 돋우어 주었습니다
그래도 뭔가 허전하고 이상합니다
뭔가 크게 빠진 것이 있는 것 같은데,
그게 어머니가 아니었으면 참 좋겠습니다

우리는 아침을 끓여
큰형도 한 상, 우리도 한 상 차려
목구멍에 꾸역꾸역 집어넣고
어느 낯선 이의 전송을 받으며
내 고향 집을 떠나왔습니다
형은 누가 준 양파라며 검정 비닐봉지에
넣어 가라 합니다, 고마운 마음입니다

우리 이렇게
이별 연습이 일상이 되어야 할까요?
우리 마음을 속이기라도 하듯
안산은 어머니 계실 때와 조금도 다름없어
착각을 불러일으킬 정도입니다

우리 사는 집은 변함없이 그대로 있으면
고향 집 지키는 그 마음도
그대로 있어야 하지 않느냐고
가슴속에서 소리를 지릅니다
그래도 일상은 우리를 아무 일 없는 것처럼
자기들 품에 불러들입니다

다람쥐 쳇바퀴 돌듯 도착하자마자
고향 집에 전화해서

어머니께 잘 도착했다고 보고했는데,
이제는 정다이 들어 줄 귀가 없네요
왜 이다지도 가슴이 먹먹합니까?
도무지 받아들여지지 않습니다

한 생명이 갑자기
저 우주 밖으로 떠나가면 이럴까요?
아무리 손을 뻗어도
손끝에 닿는 것은 허공일 뿐,
내 손 따뜻이 맞이하던
그 손 서서히 식어만 갑니다

* 고향 병원에 희미한 의식만 있는
어머니 뵙고 돌아와서
2016년 5월 23일 월

지운다고 지워질까요?

믿어지지 않습니다, 아니 믿을 수가 없습니다
지운다고 지워질까요? 끊는다고 끊어질까요?
눈을 감는다고 보이지 않을까요?

지운다고 지운 그 순간
마음 깊이 새겨진 어머니 얼굴 살아나고
이별의 정 끊는다고 차가운 손 떼는 순간
튼튼한 관 속에 몸을 눕히는 순간
어찌 내 마음은 뜨겁게 타오릅니까?

님께서 요람에서부터 새겨 놓은
뜨거운 사랑 타올라
어찌할 바 모른다고 하게 합니까?
눈을 감으니 곱던 그 얼굴
더 선명하게 떠올라 정다이 다가와
온몸을 감싸 옵니다

고향 집 어디를 보아도
님의 손길 안 닿은 곳 없고
집안 살림 어디를 만져 보아도

님의 온기 식은 곳 없는데
정작 그리운 님은 어디 계시기에
온 하늘과 땅이 텅 비어 있나요?

어찌하여 그 큰 사랑을 뿌려만 놓고
분명 다시 거둔다는 약속만 철석같이 해 놓고
뿌려 놓은 사랑의 열매 익으려 하니
홀로 먼 길 떠나
익은 사랑 어찌하라고 이 가슴을 태우나요?

난 아직도 님이 만들어 놓은
고향 집 사랑의 뜨락에
서성이며 어찌할 바 몰라 합니다

* 함평천지장례식장, 어머니 그리워하며
2016년 5월 28일 토

아! 님이여!

님, 보내지 않아도 가고
님, 아무리 불러도
대답 없구나

아직 쌓을 추억 남아 있고
아직 나눠야 할 밀어가
가슴속에 남아 있는데…

아!
애통한 마음
사로잡아 오는구나

주의 약속 남아 있으나
다하지 못한 섬김에
가슴 시리도록 송구한 마음
어찌 감출 수 있으랴!

2016년 5월 29일 주일

끈

떠나는 자리에
찢어지는 가슴에
멀어져 눈 흐려지는 언덕에
발을 내려놓고

하늘의 사랑으로 맺어진
질긴 끈 하나
이제 하늘로 놓아
내 가슴 찢어지나,
멍들고 시리고 떨리나,

마음에
심어 놓은 사랑
님, 하늘로 보내 드리리

그 음성, 그 손길, 그 마음,
내겐 하늘 사랑이어라

2016년 5월 31일 화

설렘은 어디서 오는가?

아!
설렘은 어디서 오는가?

아!
가슴 뛰는 감동은
어느 눈길에 머무는가?

하늘의 눈길
땅에 머물다 간 자리에
노란 꽃 핀다

꽃송이에 얼굴 파묻는 순간
첫사랑,
부르르 진액 쏟는다

눈 뜨던 날

땅에서
낙원의 꿀물을 찾는다

하늘이 내려오면
나는 눈을 열리라

마음눈으로 보면
생수 솟으리라

맛보았으면
호흡마다 사랑을 뿜어 대겠지

하루살이처럼
한 날을 천 년처럼

아직 보내지 않았어요

님은 보내지 않았어도 갔습니다
지우지 않았는데 사라지고,
마음에 품고 있는데 허전합니다

어머니라 부르는데, 대답 없고,
왜 아픔과 그리움으로 다가옵니까?

세상이라는 낯선 땅에 두리번거리다가
물 한 모금 달라 소리칠 때
손 내밀어 주실 그대여!

나의 님은 갔습니다, 아직 나눌 추억 남았고
아직 만들어 갈 얘깃거리 많은데
어찌 간다는 얘기도 없이
홀연히 가야 합니까?

아직도 보내지 못해 마음 먹먹합니다
사랑의 마음 함께 모아 주니 감사합니다
위에서 부르신 그 부름의 상을 따라 함께

은혜의 길 가는 그대에게 감사하며…

2016년 6월 2일 목

어머니의 성경책

아직도 보내지 못해 목이 메고
벌써 그리워 애타는 어머니!
새벽을 깨워 자녀 손들 위해 기도하신 어머니
그 손마디 산등성이에 벌겋게
드러난 거친 뿌리와 같습니다

하나님 사랑하고 마음에 평안 누리며
천국에 소망 두고 살아가도록 선물한 성경,
여기저기 어머니의 손때,
어머님의 자녀를 향한 정성
스며들어 있습니다

장년도 들기 어려운 검은 성경책
보물처럼 여기고
커다란 가방에 넣어
주일이면 교회 향해 걸어가신
어머니의 발걸음을 생각하니
마음이 찡해 옵니다
함께 고향 교회에 몇 번이나 갔는지 돌아보면
더 많이 함께 가지 못한 시간

이제 돌이킬 수 없는
진한 아쉬움으로 다가옵니다

여기저기 구겨져 있는
어머니의 성경을 펴 보니
희미한 눈 들어 하늘 양식 놓치지 않으려
꼼꼼히 살피시던 손때 묻은 성경,
이제 순례자의 멀어진 발걸음 소리에
갈 곳을 잃었습니다

정다운 마음, 따뜻한 사랑
손과 발 그리고, 가슴에 가득히 담아
아낌없이 자녀들에게 쏟아부으시더니,
바람처럼 부드럽게, 학처럼 곱고 우아하게
팔십구 년을 사랑으로, 인내로 살아가시더니

극한 시련과 어려움 중에도
지키시고 동행하신
사랑과 소망의 하나님의 부름 받아
주님 품에 안겨 고단한 인생길 내려놓고
영원한 안식과 행복을 누리시리라

* 1992년 7월 31일 금요일에 어머니께

사 드린 큰 글자 성경 열어 보고

2016년 6월 2일 목

♡ 감사의 글

한없이 그리운 얼굴
이제 하늘의 꽃이 되었네요

누구도 대신할 수 없는
십자가와 같은 길
한 번도 벗어 버리지 않고

죽음에 이르기까지 지고 갔으니
그것이 하나님의 사랑임을
깨닫게 합니다

다시금 감사한 마음을 전합니다
God bless you

* 다 담을 수 없는 그 이름 어머니를 천국에 보내 드리고

지인들에게 감사 편지

2016년 6월 7일 화

기도할 수 없으니

점심밥 먹는다
아내가 네모난 나무 상을 차렸다
항상 밥 먹기 전에 두 손을 모은다
하늘의 하나님,
생명과 은혜의 하나님께 기도한다

사랑하는 울 어머니!
지켜 주세요, 그 연약한 몸을 일으켜 주세요
내 자랑이요, 무한한 의지요,
어떤 고난에서도 쉴 만한 집인 어머니!

일어나게 해 주세요,
깨어진 넓적다리 관절에 힘을 주시고
상한 뇌의 모든 기능을 회복 주시어
다시 눈을 뜨게 해 주시고, 다시 입을 열어
자식들 반기는 말 할 수 있게 해 주세요
가슴속 메이도록 기도했는데,
이젠 기도할 수 없다

고개 숙여 언제든지 기도할 수 있어서

그나마 위안이었는데, 이제 사랑하는 어머니
다시 부를 수 없다니…
아! 이것이 고통이요,
말로 다 할 수 없는 아쉬움이요,
이것이 단장의 미아리고개로구나

2016년 6월 8일 수

갈망

그대는
진실한 사랑에 갈망하는가?

홍수 때
흙탕물처럼 떠내려가는
그런 아무렇게 뒹구는 사랑인가?

그대
갈망 진실하여
황량한 들판에서
사랑의 샘, 파고 있는가?

떠난 후
파 놓은 샘에
생수 고이길 갈망하며…

아! 봄날은 갔다

봄꽃 구경 가자 했는데

평소에 숲속 신선한 공기같이
포근했던 어머니
떠나고 나니
답답하고 숨이 막혀 오는 듯합니다
세상의 어느 보물보다 소중했는데,
떠날 때 예고 없이 한순간에 가셨네요

모든 걸 다 잃기까지 사랑의 끈 붙잡고
최후의 순간까지 못다 한 그 말,
"잘 살아라, 사랑한다"

세상의 무엇과 바꿀 수 없고
세상의 그 누구와도 견줄 수 없는 어머니!
어디 가서 찾으리
누구의 얼굴에서 그 마음 만나리

가정의 달, 모두가 단란한 꿈
속삭이는 계절, 아름다운 봄꽃,
지기도 전에 저 하늘로 훨훨 날아가셨나요

안산 오면 함께 벚꽃 구경 가자 하신 그 약속,
아직 남아 있는데…

2016년 6월 11일 토

그리워할 수 없으니 그리워하자

사랑하는 사람을
그리워하자

해지고 나면 그리워할 수도 없으니
사랑하는 그대를 그리워하자

어제 보았던 저 봄꽃도
새벽 깨우는 동녘 햇살에
새침 떼듯 피어나고

함께 나눴던 사랑의 발자취
한없는 길 동행하나,
사랑하는 님, 그리워할 수도 없구나

사랑의 샘 다 마르기 전
사랑하는 사람 더욱 그리워하자

다시 부를 수도 다시 만질 수도 없고
다시 그리워할 수도 없으니
사랑하는 이, 한없이 그리워하자

가슴에 피어나는 꽃의 열정

하늘을 바라보아라
거친 들을 거닐어 보아라
언 땅을 갈아엎어 보아라

작은 봄꽃의 향기에 입 맞추고
가을 하늘 아래 피어난 달콤한 열매의 유혹
발돋움해 보려 마

추억은 그리운 것, 여름날 이마에
흐르는 땀방울 식혀 주는 생수처럼

가끔 가던 길 멈추고 눈을 감아라
너의 가슴에 피어 있는
꽃의 열정을 헤아려 보아라

바람에 일렁이는 동해 붉은 물결 머금은
아침 이슬 눈망울도 보아라

종일 뜨거운 태양 아래 부대끼다 지쳐
서산 그늘에 거친 숨 몰아쉬는
여린 풀꽃에 눈길 한번 주려 마

사랑의 맛

나의 어머니 윤금애(尹今愛)
오남이녀(五男二女), 곧 칠 남매를 위하여
하나님께서
각 가정에 일일이 다 가실 수 없어
대신 보내셨다는 그 어머니 역할

고운 얼굴 찌그러지고, 피가 마르고,
뼈가 부러지기까지 끝없는 사랑
아낌없는 헌신

죽음이 코앞에 다가오는 순간까지
그 정성 쏟고 저 하늘나라 가셨다
이 사랑 맛보았다

지난 3월 어느 봄날, 종일 메주 써
뒤란의 커다란 장독대 항아리에 넣어 둔
아직 가시지 않은 어머니의 정성
봄 된장이 익어 가고 있다

2016년 6월 26일 주일

어머니 영정(影幀) 앞에서

하얀 국화꽃 속에 익숙한 얼굴
낯선 사람, 멍한 얼굴

수많은 친척 친지들 모여와
마치 잔칫집 방불하게 왁자지껄하다
아들, 손자, 며느리에 증손자까지 와
떠들고 뛰어다니고 마냥 즐거운 모습이다

할머니가 돌아가셨는지
슬픈 일인지 기쁜 일인지 모른 채
마냥 떠들고 즐거운 표정이다

여기에 한 주인공만 있다면 얼마나 좋을까
아들 손자, 증손자까지 와서
웃음보따리 쏟아 내니 잔칫집이 따로 없다

먼 친인척 동네 사람, 아들딸
지인들까지 문상객이 드나든다
어머니는 지금 관속에
설마 계신 건 아니겠지?

사람들은 무슨 의미로 문상하고 절을 할까
마주 보고 엎드려 절을 하는데
자꾸 목이 멘다

엎드린 대로 있고 싶다
천 번이고 만 번이고 절하고 싶다
다정한 어머니, 살아서 돌아올 수만 있다면…

여름 같은 오월의 따스한 봄날이 가려 한다
하염없이 봄날 함께 즐기고
꽃구경 가자던 그 약속은 어디 가고
봄꽃은 하릴없이 남은 향기 쏟아 내나?

2016년 7월 19일 화

웃음꽃

웃다가 그대 생각났어요
난 웃음 강사 김창옥 씨 좋아요
그에게는 슬픔 중에 웃음이 묻어나요

그때 내 얼굴에 따뜻한 눈물 났어요
이처럼 그대에게 창옥 씨 같은
웃음 띤 얼굴 떠올라요

그래서 내 마음 기뻐 웃음꽃 피웠어요
당신의 예쁜 웃음소리 듣고 싶어
내 마음에 핀 꽃 보내요

멋진 강의에 박수를 보내며 그대의 손길 통해
웃음꽃 또 받아 볼게요
웃음꽃 피는 곳엔
하늘 문 열려요

* 김창옥(1973년 12월 17일~) 제주도 출신
성악가, 전문 강사, 기업인, 언어컨설팅 대표

주여! 이 땅을

나는 한국을 위해 기도하겠소
정의가 강물같이 넘실대며
공의가 하수처럼 흐르길 간구하겠소

광야 같은 세상에 들꽃 만발하여
행복의 꽃동산 되길…
약한 자가 강한 자를 두려워 않고,
없는 자가 가진 자 때문에 부끄러워 않기를…

풍요와 영광이 자기 잘나서 그런 줄 알고
뽐내는 것을 수치스럽게 여기고
오직 주의 은혜인 것을 고백하는
이웃으로 가득한 이 땅 되기를…

고통과 고립으로
은혜와 사랑의 주님 손길에서 멀어진
저 북한 동포들이
천지창조주의 능력으로 주의 손끝을 만지는
그날이 속히 오길 기도하겠소

오늘도 무지와 어리석음에 잠들어 있는
이 땅의 몽매함에서 깨어나
은혜와 진리의 새벽을 맞으러
사랑으로 깨어난 양심의 발걸음
한걸음 옮기는 용기가 솟아나길 기도하겠소

그날이 오기까지 그 은혜 기억하고
벅찬 노래 불러 하늘의 하나님,
온유와 겸손의 주님 찬양할 때까지

당신도 나와 함께 이 기도의 무릎을 꿇겠소?
응답 더딜지라도,
자녀들이 이 기도 이어 갈지라도

사계절 지지 않는 꽃

봄엔, 나 보기가 역겨워 가실 때도
결코, 눈물 흘리지 않는 꽃,
진달래꽃

여름엔, 님을 향한 정열 때문에
얼굴까지 붉은 해바라기꽃

가을엔, 파란 하늘에
연분홍 수줍은 마음 감추느라
하늘거리는 코스모스,

겨울엔, 하얀 눈 속에 질기고 질긴
고난을 이겨 내다 터져 버린
피보다 더 붉은 동백,

너와 내 가슴엔 사랑 움트면
한없이 지지 않는 산소같이 피는 꽃,
웃음꽃이라

빛 다시 찾은 날

새벽 왔는데 새벽이 아니다
아직 어둡다, 길 가는데 길에 서 있지 않다
눈 뜨고 있어도 볼 수 없고
보여 주어도 보지 못한다

노란 꽃도 있고, 부모 형제도 있고,
금수강산도 있다, 하지만 보이지 않는다
아니, 볼 수가 없다, 볼 수 없으니 어찌하나

청산 푸른 소나무처럼
맑고 싱싱한 우정도 기운을 잃고
아름답고 고운 사랑도 맥없이 시들고 만다

눈뜨지 못한 강아지처럼
갈 바를 알지 못할 때
바다 건너 해적들이 고요한 아침의 나라
창칼로 깨우더니 숨 쉬는 것조차 허락받도록
어둠의 땅에 몰아넣고 자물쇠로 잠가 버렸다

입을 열지 못하도록 재갈 물리고

대한의 푸른 꿈을 꾸는
청년, 처녀, 총각들을 징용으로,
일본군 강제 위안부로 끌고 가
대한의 꿈에 대못 박았다

내 땅, 내 나라, 내 고향에서,
내 부모, 형제, 이웃과 친구들 속에서
껄떡거리며 나그네 생활,
이방 떠돌이 생활하며 눈물 머금었던
우리 내 어버이들이여!

어느 날 갑자기 해 뜨더니
깊은 잠에 빠진 내 겨레 흔들어 깨운다
나와 소리치라는데 왜 나가야 하는지,
무슨 소리를 쳐야 할지 모르겠다

어둠이 열렸다
빛이 빼꼼히 엿보더니
살그머니 기어 나온다
빛이란다, 빛이 마침내 돌아왔단다
너나없이 목 놓아 대한 독립 만세 불렀다

헐벗은 강산 일곱 번 변했는데도

어둠에 아직 빠져나오지 못하고
허둥대고 있다
해적들 여전히 실눈 뜨고
이 민족 혼돈에 잠들기를 기다린다

고요한 아침 동해 물들기 전에
신(神)이 가슴 깊이 열어 빚어낸 새벽
삼천리강산을 비춘다

거저 받은 광명
우리 마음 가득 빛 품고 있는가?
너와 내 가슴마다 갈망하던, 새벽 왔는데
검은 옷 입고 끝이 보이지 않는 동굴을 향해
되돌아가고 있지 않은가
오히려 빛을 향해 가는 그대를 향해
어디 가느냐며 비웃음 흘리지 않는가

동해의 푸른 물결에 젖은 하얀 새벽
수도 없이 두드려 멍든 태양 떠오른다
설악산 깊은 골짜기 맑은 물로 씻어 낸 청송
내 마음속에 들어와 속삭인다

사랑으로 피어난 생명

진정 평화와 행복의 꿈
실현하는 이 땅 이루라고

* 일흔한 돌 맞는 광복(光復)을 기억하며
2016년 8월 13일 토

만남

생명의 약동으로
땅을 박차고 일어나라

사랑의 감동으로
다가가 손을 내밀고,

희망의 설렘으로
입술을 열라

가나안 포도송이

농부의 땀방울에 맺힌 달콤한 포도송이
가지마다 두둥실
약속의 땅에 피어나

믿음의 사람들 맨발로 오기까지
알알이 맺혀 있어

하늘의 약속, 땅에 이루도록
큰 땅 딛고 서 있는
믿음의 사람 손에 오르니

송이송이 사람 가슴속 꿀처럼 녹아내려
달콤한 사랑의 열매로
낙원의 길 열어 놓는다

요단강 언덕에 올라 약속의 땅
꿀 포도송이 달콤한 유혹의 눈길에
기꺼이 마음 문 열어 놓을까!

열매의 유혹

이마에 흐르는 땀방울
저 하늘에 커다란 열매 달아 놓고

소쩍새 우는 봄부터
온 농부의 손끝을 따라
달려온 땀의 열매

갈급한 영혼에
시원한 숲속 만들어 주는
달콤한 열매라

순례길 가는 길손
지친 마음 옷자락 여미고
염치없는 눈길 내려놓는다

고목 그늘에 쉬고 있다면
달콤한 가을 잔치 열리는 날
어찌 응하지 않으랴!

그대의 목소리

문밖에 서성대던 더위
살며시 들어와 내 윗도리 벗기더니
선풍기 앞에 엎드리라 하고
얼음주머니까지 갖다 놓지 않겠소

그러고도 씩 웃으며
놀리는 얼굴로 날 쳐다보는데
갑자기 저 최전방 진리의 전초기지
꿀 따는 목자의 정겨운 목소리에
화들짝 놀라 저 멀리 달아나지 말았소

힘자랑하던 여름날
그대의 목소리에 시원한 소낙비만
남겨 두고 가는구려

꿀 따며 사는 맛이 어떨까?
가끔 꿀처럼 사는 맛본다면
초대하지 않은 무심한 여름날도
싫지만은 않을 것이오

* 최전방 목회하는 정○○ 목사에게

빛의 갑옷이 되리라

그대 문명의 이기를 누리기에
휴일을 잊은 지 오래다
아니 벗어나면 숨조차
쉴 수 없는 것처럼 찰싹 붙어 있다

문명의 이기가 다 어둠이라 할 수 없지만,
거기에 빠져서 출구를 찾을 수 없고
자신이 거기 빠져 있는 줄 모른다면
그건 어둠이리라

하늘이 내려 준 십계명 따라
살아갈 수 있다면
밝은 빛에 걸어가리라
생명과 사랑의 짐 지고
영원히 사는 길을 열어 가리라

힘써 가리라, 두리번거리지 않고
나사렛 청년 예수
먼저 사랑을 살아가 보여 준 길이라면

넘어져도, 쓰러져도 다시 일어나 가야 하리
그건 우리에게 아름다운
빛의 갑옷이 되리라

행복한 미소 떠올라

봄날, 뛰놀던 언덕에 아지랑이 피어오르고,
겨우내 북풍한설 이겨 내고
빼꼼히 내미는 파란 새싹의
예쁜 미소와 마주하니

여름날, 매미 소리 쟁쟁
백일홍 따라 놀러 나온
빨간 잠자리 꽃등에 놀고
마당 가, 말린 갈치 구워 놓고
저녁 먹자 부르는 어머니 목소리 들을 때

가을날, 누런 들녘 물결치고
마당 가, 감나무 혀 자극하는 빨간 홍시
나도 몰래 하늘을 바라보며 침 삼킬 때

겨울날, 펄펄 눈 내려 장독대에
커다란 모자 하나씩 씌워 주고
저녁밥 짓는 연기 피어오를 때

구워 놓은 따끈한 고구마,

언 손으로 급히 먹으며 나도 모르게
방구석에 쓰러져 잠들 때
행복에 겨운 줄 몰랐어라

꽃동네

길 가다 꽃 본 듯 반가운 님의 꽃
들려오는 목소리 정다워 달맞이꽃

떠나도 보내지 못해
사랑하는 진달래꽃

주어도, 주어도 모자란 듯
더 많이 주어야 안심하고
웃는 울 엄마의 사랑의 꽃

큰 사랑 받고
천사표 웃음 짓는
엄마 품속 아기 볼에 행복의 꽃

웃음꽃, 사랑의 꽃, 행복의 꽃,
만발한 낙원의 꽃동네 거니는 그대
사랑받고 사랑하는 꽃,
아이 좋아라

바람 불어 좋은 날

파란 하늘 아래 불어오는 바람
홀로 서 있는 느티나무 그늘에 있는 마음
그대 향해 다가가는 발걸음

솔솔 불어오는 가을바람
뜨거웠던 여름날 지난 얘기 만들어 놓고,
살살 산책 나선다

이제 엮어 갈 가을 길 열어
함께 가자며 두드리는 창문 사이
솔바람 부는 가을 아침
반갑지 아니한가

그대와 함께 행복 꿈꾸는 좋은 아침
즐거운 선율 따라 고개 숙인 해바라기
좋지 아니한가

떠나길 머뭇거리는 팔월 발길
가을바람 고운 손으로 두드린 아침
아이 좋아라

경건(敬虔)

고개 숙여
하늘을 본다

환하게 웃는 꽃의 얼굴에서
님의 마음을 읽는다

끝없는 들길을 따라 걸으며
바람 따라 들려오는
갈급한 영혼의 속삭임에
지친 귀를 내어놓는다

하늘, 이 끝
하늘 저 끝까지 마음 하나

하늘 바라본 눈길로
땅에 거친 숨결로 엎드린다
생명 샘 터지기까지

그리운 내 어머니

보고 싶다
그리움이 보고 싶다
한없이 그리워하다 지친
그리움에 다가가고 싶다

기다려도, 기다려도 오지 않는
사랑하는 님 기다리는
긴 기다림에 찾아가고 싶다

기다려도 오지 않는 님 기다리다가
지쳐 쓰러져 잠들고
저녁상 차려 두고 기다리다 목메고
지는 해 바라보다 한숨 쉬는
그 기다림에 달려가고 싶다

기다려도, 기다려도
끝없는 기다림 일생이 되었다
난, 기다림을 찾아가 본다
땅끝이라도 가 본다

아! 이제 기다림 없어졌다
아! 이제 기다림, 내 가슴 멍들게 한다
아! 이제 기다림, 쉬고 있다

아! 이 기다림과 마주하고 싶다
다시는 기다리지 않게 동아줄로 묶고 또 묶어
하늘 사라지는 그날까지 하나로 묶어 두고
못다 한 이야기꽃 피고 싶다

아! 기다림, 미치도록 보고 싶다
아! 이 기다림과 마주치고 싶다
어머니! 그립고 그리워서,
아쉽고도 아쉬워서 마음이 아리다

2016년 8월 30일 화

5장

사랑의 밧줄

(2016년 9월~2016년 11월)

호수 위에 내리는 마음

타다 남은 태양 가을 하늘에 걸려
잔잔한 호수를 맑게 한다

하늘 향한 잣나무
성큼성큼 걸어가듯 키가 훌쩍 자라
머리 위 시원하다,

온몸의 근육질 자랑하는
메타세쿼이아 나무
길 가는 이의 눈길 사로잡는다

호수 위 익어 가는 가을과 마주 선 늙은이
연꽃으로 몸단장한 귀여운 물결
호수의 정원에 슬그머니 짐을 놓는다

그 목소리

깊어 가는 가을밤
한없이 자애로운 팔 벌린
한가위 둥근 달

"이번 추석 때 내려오냐?
언제 올래? 동생이랑 같이 와야~!
늦게라도 와야~!?"

아! 가슴속까지 파고드는 명절 기다리는
어머니의 그 목소리,
서늘한 가을바람 가지에 매달린 마음
울리고, 또 울린다

올 추석에는 없다, 아무리 기다려도 없다
마음속 깊이 새겨진 그 목소리
귓가에 들리지 않는다
가슴 떨리도록 설레는 마음
가득히 꿈꾸게 하던
그 목소리 어디 가고 없는가!

온 동네 환히 밝히던 저 고향 보름달
변함없이 다정한 얼굴 내밀어
추억 가득 안고 기다리는데,
내 발길 갈 곳을 잃어
멍든 맘 감추느라 괜히 헛웃음만 흘리고 있나

2016년 9월 21일 수

상한 이를 돌보는 사람들

병상에 상하고 찢긴 사람들을
돌보는 사람, 귀한 분들이죠
힘들고 어렵지만, 보람과 자부심 있을 거예요

생명 아주 가까이서 깊숙한 곳까지
손과 눈과 마음으로 돌보고 고치고 살리는 일,
참 대단하다고 생각합니다

우리 인생은 얼마나 연약한가!
얼마나 깨어지기 쉬운 질그릇인가 돌아보고
엎드려 그 은혜 기억해 봅니다

그리고 작은 들꽃에도
창조주의 선하심과 인자하심이 묻어나듯
작은 손과 발, 눈길에도 선함과 인자함 품고
호흡하듯 한 걸음, 한 걸음,
생명을 살고 싶습니다

함께 나누는 그대의 마음 담아 봅니다
주의 너그러움과 여유로움
그대와 함께 어울리길 소망합니다

아들 생일에

아들아! 너의 생일 진심으로 축하한다
향기로운 꽃처럼, 굵은 나무처럼,
쉼 없이 생수를 흘려보내는 골짜기처럼 가라

무더위에 젖은 옷자락 사이로 지나는
겨드랑이 바람처럼,
모진 비바람에도 은근한 미소로
하늘과 바다 함께 마주하는 커다란 바위처럼

낮엔 없는 듯하고, 밤이면 밤바다처럼
넓은 밤하늘을 지키느라 지루함도 잊은 채
작은 눈동자 깜박이는 별빛처럼

너, 태어나 자라,
너의 숨결 일렁이는 자리 설 때까지
방랑의 길을 가야겠지
임의 눈동자 너른 품에서

* 큰아들 명진 생일에 아빠가

2016년 9월 30일

세상 처음 맞이한 날

축하, 축하!
네가 두 팔 벌려 처음 세상 마주한 날
넘어지고 자빠져도 이미 열린 무대
너의 아름답고 뛰어난 지혜로
이야기가 있는 추억 만들어 가고,

함께 긴 여행 하며 많은 얘기 없어도
함께 손 맞잡은 것 같은
소소한 재미 끊이지 않은 그런 마음의 친구,

오래 두어도 향기 한 모금 머금은
그런 나그네 한둘,
멀리 있어도 하늘 두둥실 떠 있는 연처럼
함께 엮은 줄 잡고 있어
서로 바라볼 수 있는
그런 사람 한둘 있었으면

미소 지을 수 있는 삶,
너의 생을 가꾸는 나날이었으면

참 좋겠지

* 널 소망 중에 지켜보는 아빠가

너, 푸른 태양이여!

온 세상 밤낮없이 밝히느라
주름진 너의 얼굴 천지간에 홀로 외롭구나!

어두워야 제 세상 만난 듯
재잘거리는 너의 별빛 재롱에
밤길 가는 나그네 지친 마음, 베개를 안는다

수없이 짓밟히고도 싫은 내색
땅속에 감추어 두고
어두우면 깊은 꿈을 일구고
흙빛 하늘 방황 끝나 세상 깨어나면
맑은 하늘 두 눈동자로 마주하기 전에
숨 쉬는 것조차 잊었던 멍든 심장이여!

길 가면 숲은 길 열어
코끝 튕기는 향기 날아오고
가슴에 손을 대고 나를 마주할 때면
하늘은 가까이 다가와
푸른 날개로 어깨동무라

내 심장 하늘의 노래 발길 닿는 곳마다
내 눈길 아이처럼 뛰어노누나

품속 사랑

처음 새 하늘 열리던 날
품속에 두고
사랑을 잉태하여 꿈꾸던 그 열망

천지 지어 끝없이 쏟아
에덴 정원에 사랑 자 만들어 오고

내 사랑아! 불러
서로 가슴에 사랑을 심고
천지 불러 사랑을 약속하고

다함없는 품속 사랑
빛과 어둠 속에 새겨 두고 오나니
오, 내 사랑아!

영광과 찬송과 기쁨
산과 들을 지나,
바다 흐르는 별빛 넘어
쉼 없이 솟아나리라

첫발

이 땅에 첫발 내디딘
베들레헴 아기처럼

조용한 아침의 나라
하지만, 어둠이 산과 들을 덮어
미몽에서 깨어나지 못한
배달의 민족 가슴에

큰 사랑, 생명을 격동하고
한 걸음, 어둠에 빛을 꽂아

새 나라, 새 민족, 새 희망 이 땅에
싹 나고 꽃 피어 열매 맺기까지

첫발 내디딘 그 발걸음, 그 심장으로
온 땅을 울리던 님들의 발자취여!

그 자취 흠모해 엎디어
거친 숨결로 하늘을 봅니다

시월의 장미

황홀하게 익은 붉은 장미꽃,
저 멀리 끝없는 향기로 눈길을 유혹하네요
모처럼 아들과 공원에 들렀더니
가을 하늘 열리고 때가 어느 때인데,
시월인데 붉은 장미꽃
피어 있는 게 아니겠어요?

난, 향기 나는 곳으로
발걸음 옮기기 시작했어요
낭떠러지를 지나 가까스로 다가가
코를 마주 대하고 반가워 얼굴 비벼 댔어요

아직도 그 붉은 장미 향
황홀하고 매혹적이어요
그런데 갑자기 팔이 따끔해서 돌아보니
팔에 상처가 났어요

왜 그래요? 유월의 장미!
무더운 여름 다 가고
시월 들 때까지 기다렸는데,

이제야 오느냐며 기다란 손톱으로
할퀴는 게 아니겠어요?

하지만 난, 참기로 했어요
그 모습 곱고도 기이해
그 향기 아름답고 사랑스러워
근데, 이따금 따갑게 아려 오는 건 왜일까?

장미 유혹

긴 여름 머물다 간 자리에
아직 유월의 장미
저리도 붉은 향 떠나지 못해 애태우는가
저 푸른 가을 하늘 아래 쏟아 놓는가?

갈 바를 몰라 정열의 향에 이끌려
가을 나그네 뛰는 가슴 숨기누나

붉은 향취 가슴에 얼굴 파묻고
깊은 가을에 아직 못다 영근
봄꿈 속삭이누나

그대, 아직도 파란 하늘에 피어날
사랑을 꿈꾸나요?
깊어 가는 가을날
아직 다 익지 못한 꿈 안고
몸부림하는 그대를 위해

영글어 가는 초원으로
여름내 지지 않은

붉디붉은 장미꽃 향기로
끝없는 유혹의 눈빛 보내누나

대청봉(大靑峰) 오른 그대

빛나는 가을 하늘 아래
설악의 어여쁜 단장
꿈의 설렘 잊지 못하는 이
부르는 모습 참 멋집니다

대청봉 가야만 볼 수 있는
하늘의 신선한 향기 머금은
상쾌한 공기 내음

동해의 푸른 물결에 일렁이는
새 하늘 앙망하는 최고의 고집
포기할 줄 몰라 영롱한 꿈 그리며
그날 오기까지 몸부림하는 그대

호연지기 덤으로 안고
눈 덮인 바위 계곡 넘어
푸른 초장 예비해 놓은 터 향하누나!

사랑 노래

마음에 하늘의 노래 그려라
하늘에 사랑의 마음 노래하라

마음에 하늘의 노래 그리면
하늘의 사랑 이 땅에 내려앉고

하늘에 사랑의 마음 노래하면
영원과 찰나
뚫는 길이 되리라

가을빛 익어 가는 별

높아지는 가을 하늘
여름날 함께 뜨겁게
나누던 정은 어디 두고

깊어 가는 가을밤
사랑을 속삭이는
저 별들의 이야기꽃

은하수 물결 헤치다 잃어버린 지난 추억,
가슴 시리도록 되새기며
별나라 여행 계속해야 하나요

아름다운 별빛 따라
깊어 가는 가을 영근 하얀 밤
하나둘 마음의 돌
쌓아 가고 있겠지요?

갯벌 드는 물

서산에 해 지더니
붉은 놀에 밀려 갯벌 물드는데,
묻는다, 바닷물 이곳까지 드는지?
매일 바닷물 들면
당신 얼굴에 뭐라고 얘기하나요?

그대, 새우와 온몸으로 씨름하느라
얼마나 애쓰고 힘드셨나요?
쉼 없이 들고나는 저 바닷물 지치고
상한 땅 어루만져 생명의 갯벌 되게 하듯,

그대, 서녘에 물든 저 바다 노을처럼
생의 황혼 붉고도 아름다워
바라보는 님들의 눈 사로잡고,

마음에 붉고도 찬란한 사랑
꿈꾸게 할 거예요
저렇게 소리 없이 들고나는 바다 갯벌처럼

* 평택 해변에서 서녘 노을 바라보며

하늘, 열매, 꽃, 나뭇잎, 바람

다 쓰고도 조금은 흰 뭉게구름 남긴 하늘
끝없는 꿈 꾸는 병풍이라
한번만 하늘 쳐다보면
원 없이 푸른 가슴 내어 주고도 모자라
끝없는 광야 길도 마다하지 않고
함께 가는 길동무 되었지

기나긴 겨울잠 깨워 봄볕에 눈떠
꿈같은 봄날 보내더니
거칠고 기나긴 어두운 비도,
팔월의 태양 빛도 친구인 양
얼굴 비비며 견디다 마침내 완성된 그대
마주하는 눈망울도
빛나게 하는 사랑스러운 열매
길이길이 가슴 울리는 감미로운 은혜라

한번 눈 마주치면 되돌릴 수 없도록
강렬한 사랑의 눈빛 보내고도 모자라,
기어이 다가와 보드라운 볼 입맞춤하기까지
천사의 미소 잃지 않는 꽃

오래 두어도 변하지 않는
향기로운 옷자락이라

언 땅 녹기 전, 꾸어 온 청운의 푸른빛
다가오는 토실토실한 자식같이 영롱한 열매
어깨동무 내어 주고도,
수줍은 마음 감추려다 들킨 붉은 나뭇잎
너와 내 가슴에
사랑과 상함으로 물든 나만의 이야기꽃이라

동녘 해 솟을 때 마주한 고이 간직한 느낌
드높은 설악산도 넘는다
맑은 계곡물도 미련 없이 지나,
누런 벼 거두는 농부의 거친 얼굴
흐르는 땀방울과 나눌 기쁨을 위해
억새 사이로 흐르는 그대
싱그런 가을바람이라

그대 언제나 함께 있어도 부담 없는
너와 내가 함께 익혀 온
고매한 인품의 향기로구나

우리

목욕탕 얘기다, 들은 얘기다
어느 시골 도시에 사는 아낙네 집에
친정엄마가 오셨다, 얼마나 반갑고 고마우랴

마침 시어머니께서 와 계셔서 함께
목욕탕에 가서
서로 흉금 없이 얘기도 하고 피로도 풀도록
망설이는 엄마 설득해 보내 드렸다
다 아는 것처럼, 사우나에 가면
탕에 가서 목욕하고 나와서 제공하는 옷 입고
쉬는 곳으로 와 자기도 하고 음료수도 먹는다

그런데 사우나에 익숙지 않은 두 할머니
옷을 다 벗고, 탕에 먼저 들어가지 않고,
휴게실로 먼저 갔다
이른 시간이라 사람은 거의 없다

그런데 때마침 노인 한 분
목욕 끝내고 휴식을 취하고 있었다
이 황당한 광경을 목격한 벌거벗은 두 할머니

약속이나 한 듯 할아버지에게 달려들어
막무가내로 목욕탕 처음 왔느냐며
옷을 벗으라며 야단이다

너무 놀라고 당황하여 말도 제대로 못 하고,
힘 떨어지고 어쩔 줄 몰라 하는
할아버지 향해
용감한 두 할머니 달려들어
강제로 옷을 벗기려 했다

옷 입은 사람은 한 명, 옷 안 입은 사람 두 명
누구의 말이 맞겠는가?
그 노인네, 두 할머니의 말 따라야 하는가?
우리 숨은 얼굴 여기 있다
듣는 내 얼굴 왜 붉어지나?

광야의 떡

누군가에게 죽음의 바다
누군가에겐 생명의 바다

기나긴 종살이 어이 견뎠나?
내일이 없는 오늘의 삶의 끈
희망이 눈을 감고 마음이 귀 닫았다

생명의 길 열어 광야를 간다
처음엔 희망, 기대, 환희
길 가니 지친 어깨, 걷다 보니 목마른 갈증

약속의 땅 더디니
서서히 밀려오는 격렬한 원망, 분노, 지겨움,
게다가 거스를 수 없는
배고픔에 목마르다

하늘에서 떨어진다, 주워 먹으란다
바위에서 생수 솟는다, 받아먹으란다

묻는다, 심령에
주린 생수의 강 흐르는가?

모성애(母性愛)

가 보지 않은 길, 어찌 갈 수 있으랴
읽어 보지 않은 책, 어찌 읽어 낼 수 있으랴

먹어 보지 않은 밥, 어찌 지어 낼 수 있으랴
가슴으로 울어 보지 않고서
어찌 사랑을 얘기할 수 있으랴

길 걸어 보지 않고서 어찌 진리 알 수 있으랴
생명을 낳아 보지 않고서
어찌 생명을 살아 낼 수 있으랴

하늘의 사랑, 땅에 내려왔다
어머니의 가슴에, 손과 발바닥에

어머니의 손길, 발길, 가슴 타는 길 통해
내 발길에, 길 열렸다
상한 마음에, 못다 한 꽃망울
하나둘 열린다

무신론자(無神論者)의 기도

땅에서
말문이 막힐 때

꽃 피는 봄날
눈보라 치는 겨울바람 불어
붉은 꽃 꺾이고
영광의 향기 썩어 문드러질 때

다정하던 친구
변하여 경멸의 눈초리로 변할 때

살아남기 위해 침 흘리며 구걸하다
목숨 부지하기 위해 안면박대(顏面薄待)
미친 체하다가 도망 나와
밤하늘의 별들과 눈 마주칠 때

목구멍 터진다
저 하늘을 향해

살 집

나는 48평의 예배당에 산다
주일에는 예배드리지만
평일에는 다양한 용도로 썼다
뒤의 빈자리는
두 아들의 축구장도 되고, 탁구장도 되고
다양한 놀이터도 됐다

우리 방은 한쪽을 막아
전기 패널 깔아 방으로 만들어 썼다
이 방을 아들 둘이 같이 쓴다
어린 시절 꿈을 꾸고 가꾸는
그들만의 방은 없다

이제 키가 아빠보다 더 커 부엌 겸 거실에
간이침대 만들어 잠자리를 제공했다
발이 침대 끝으로 튀어나왔다
큰아들 발이다

어렸을 때는 어려운 생활을 해 봐야
은혜를 알고, 남의 어려움도 알고

배려도 할 줄 안다고 했지만
미안한 마음에 그들만의 방을
지금도 찾는 중이다

내가 꽃을 가꾸고 열매가
빨갛게 익을 나무 키우고,
언제나 반가이 맞는 강아지 기르는,
마당이 있는 집을 짓고 싶다

물론 이제 다 큰 아이들을 위한 방,
꿈 영그는 방도 만들고,
생의 다양한 만남과 이야기 들려주는
서재도 만들어야겠지

아침에 눈을 뜨면

아침에 눈을 뜨면 어디선가 날 위해
기도하고 있다는 사실에
행복한 마음으로 하늘 열리는 걸 봅니다

아침에 눈을 뜨면 하루도 당신을 위해
기도하는 걸 잊고 시작한 적 없습니다

아침에 눈을 뜨면 당신 생각하는 것만으로도
입가에 미소 번지고
당신의 웃는 얼굴 떠올리면
내 마음에 설레는 기쁨 가득합니다

아침에 눈을 뜨면
나에게 최고의 응원을 보내는 당신의 정성
기억만 해도 힘이 불끈 솟아납니다

아침에 눈을 뜨면 나만을 생각하며
보석처럼 빛나는 길 가는 당신
지지 않는 밤하늘 빛나는 별입니다

아침에 눈을 뜨면 당장 달려가 만나고 싶지만
멀리 있어도 푸른 초원 같은 당신
내 가슴에 언제나 꿈꾸는 봄입니다

눈길 하나

아침 이슬 머금어 드높고 푸른 하늘
훨훨 나는 청순한 얼굴

두 팔 벌려 땅끝,
바다 저편까지 뻗은 드넓은 품

눈망울처럼 두둥실 떠도는
뭉게구름 사이로 흐르는 여유

마주 보고 미소 지으면
내 가슴에 시리도록 맑은
깊은 계곡물 흐르고

푸르고 푸른 천상의 노래
잠자는 아가들 현악기 깨운다

들깨들의 수다
올올이 담긴 단풍잎
수줍은 얼굴에 은근히 물든다

책

당신의 성실한 빈손에
광야 길 이야기 담은
책 한 권을,

그러면 당신의 삶에
아름다운 가을 이야기 있는
길을 내리라

하야(下野)

그대 동산에 내려오니
생명과 평안 에덴 내려오니
가시와 엉겅퀴 솟아 길 가로막혀
갈등과 미움 시내를 이룬다

시내 산(Mt. Sinai) 내려오는 모세의 얼굴
생명의 주(主), 구원의 주,
사랑의 주 대면한 얼굴 광채 난다

해방된 노예들,
광야에 어찌할 바를 모르는 인생
발등의 등불, 길의 빛으로,
복과 생명으로 쉽게 길을 가면 빛나고
빛을 따르면 얼굴에 광채 난다

정상(頂上) 내려와야, 왕궁(王宮) 비워야,
거룩한 곳에서 신 벗어야,
메마른 광야에 주리고 목말라야,
마음에 솟는 샘물 맛보리

하야(下野)하라, 누가 왕이냐?

왕권을 주께 드려라

제사장

제사장, 무얼 먹고 사는가?
떡을 먹고 가끔 고기도 먹겠지
제사 값으로, 기도 값으로

목사, 무얼 먹고 사나?
밥을 먹고 익은 돈을 먹고
명예와 권력도 참 맛있지!

생명의 떡 팔아 떡 사 먹고
성직도 팔고, 진리도 팔고, 아부도 팔면
먹고 살기에 부족함이 없으리라

시대의 끝 가까워지면
사제가 많아진다고 했던가
오늘날 수요보다 사제 많다
목사, 신부, 여사제(女司祭)…

땅에서 땅을 살아가는 사람
땅에서 하늘을 살아가는 사람도 있겠지
눈 감은 자 더 어둡게 하고
눈먼 자 눈 뜨게 하는 그날이 오리라

참 쉬운 일

대장 노릇 하기 참 쉽다
진시황제, 독재자
대통령, 총장, 총회장, 교황

어떻게?
그저 옷만 입으면 되지 않은가?
그러면 알아서 간다

소리만 지르면, 소리만 지르면
되지 않는가?
그러면 길이 열리지 않는가?

진정 대장 노릇 하고 싶은가?
그 화려한 옷을
벗어라

여유

책에서
여백을 읽는다

삶의 여백에
어떤 얘기가
속삭이고 있을까?

들리지 않는 소리에
귀 기울이고

보이지 않는 것이
보여 주는 것을 보는
마음눈 열어 봄이 어쩌랴!

하늘이여! 들으라! 땅이여! 솟아나라!

한강아! 설악산 정기 받아
한반도의 혈통 만들어 서해를 이루는 한강아!
줄기차게 흐르고 흘러라

일렁이는 동해에 떠오르는 태양아!
두 눈 부릅뜨고 일어나
이 땅에 환히 비추어라

낙동강아! 넌, 아느냐?
더러워진 물줄기 끊고 갈급한 백성의 목마름
달래 줄 생수로 흘러가라

찌그러진 영산강은 무얼 하고 있느냐?
일그러지고 구차한 옷을 벗고
수천 년 한 많은 목포 앞바다로
흐르고 또 흘러라

하늘과 땅, 하나인 것같이
남북이 하나인 걸 기억하는 백두산아!
다시 숲에 호랑이 함께 우렁차게 소리 질러라

대한의 바다 물결 가슴에 안고
밤낮 새 힘 돋우는 기운 가득 안고
저 넓은 대륙까지 뻗어 가라

한시도 쉬지 않고 내려다보는 북한산아!
시대의 격랑 끌어안고
함께 눈물지었던 질기고도 투박한 이 땅아!
목 놓아 소리 질러라

이 땅에 정의, 어디 있느냐?
이 땅에 공의, 어디 숨었느냐?
아직도 검은 손, 이 땅을 쥐고 거짓의 속임수
온 겨레의 가슴, 휘감고 있지 않느냐?

하늘의 뜻,
이 땅에 이루도록 엎드린 땅이여!
하늘 높이 뛰어올라라
이 땅에 작은 가슴 쥐어 안고 좁은 길가는
들풀 같은 나그네, 답답한 가슴 열리게 하라

검은 사자 같은 세력 앞에 떠는 등불이여!
하늘 높이 솟아 맑은 하늘 바라보며,
행복한 미소 지어라

하늘과 땅 만나 사랑 노래하도록
폭포수처럼 솟아올라라

누굴 닮았을까?

한국 교회, 누구를 닮았을까?
혹? 유대교 닮지 않았을까?
난, 혹 자를 떼 버리고 싶다
설마, 예수를 닮았을까?

유대교에는 그 시대의 힘을 담고 있지 않은가
권력과 짝하고 있으면 되지 뭐가 더 필요한가
떼거리로 모여 소리만 크게
지르면 이기는데 뭐가 문제인가?

그들은 눈멀고 그 귀 닫히지 않았는가
그들은 예수의 생살여탈권까지
가지고 있으니 눈에 뵈는 게 있겠어?

왜? 그들의 왕 시저(G. J. Caesar)
외에는 없기 때문 아닌가
'하나님 잘 믿는다' 자랑하는 한국 교회
제사장 바리새인들과 닮지 않았나
나만의 기우일까?

권력의 시녀 노릇을 하는 해바라기 종교인

이 시대뿐이겠는가?

탄식 소리 하늘을 닿지 않는가?

당신의 왕은 누구인가? 당신의 왕!